Karen-Susan Fessel, 1964 in Lübeck geboren, lebt als freie Journalistin und Schriftstellerin in Berlin. Sie schreibt Romane und Erzählungen und hat ein Selbsthilfehandbuch für Menschen mit HIV veröffentlicht. »Ein Stern namens Mama« wurde auf die Liste der Sieben Besten des Zürcher Kinderbuchpreises »La vache qui lit« gesetzt.

Karen-Susan Fessel

UND WENN SCHON!

Verlag Friedrich Oetinger · Hamburg

Karen-Susan Fessel im Oetinger Verlag

Ein Stern namens Mama
Steingesicht
Und wenn schon!

FÜR MEINEN FREUND AXEL

Einband von Susanne Heeder
Satz: Dörlemann Satz, Lemförde
Druck und Bindung: GGP Media, Pößneck
Printed in Germany 2002
ISBN 3-7891-3507-0

www.oetinger.de

TEIL 1

Wer heißt denn heute noch Manfred?
Keiner. Nur ich.
Ist echt nicht gerade der Kracher, der Name. Ich mein, so übel ist er ja eigentlich gar nicht. Ein Name eben, nicht besser oder schlechter als andere Namen auch. An sich jedenfalls. Früher war er sogar mal richtig modern. Gab ziemlich coole Typen, die so geheißen haben, 'n Jagdflieger gab's mal, der hieß Manfred von Richthofen, und 'n Rennfahrer auch, aber da hab ich den Namen vergessen. War auch was mit von vorm Nachnamen. Alter Adel, die beiden. Genau wie ich. Haha.
Also, früher war mein Name mal richtig modern, aber heute heißt keiner mehr Manfred. Jedenfalls keiner in meinem Alter. Nur so ein paar alte Typen und ich. Hat Ma dran Schuld. Die wollte unbedingt, dass ich so heiße. Ma hat 'ne Vorliebe für altmodische Namen. Wir heißen nämlich alle so komisch: Werner, Günther, Jochen, Dieter und Manfred. Also echt! Und dann noch Hannemann hintendran.

Kein Wunder, dass ich ständig verarscht und blöd angemacht werd.
Obwohl, alleine am Namen liegt's ja wohl auch nicht.

»He, Manne! Manne Mannomann, Feigling! Traust du dich nicht, oder was?«
Das ist Finn. Der schon wieder! Ich hab gar nicht gewusst, dass der auch hier ist, am Badesee, aber jetzt kann ich ihn sehen. Er steht da drüben am Steilhang, mit Basti und Timo, und grinst fies zu mir rüber.
»Schnauze!«, schrei ich ihm zu.
»Mannomann! Ist mal wieder hintendran!«
»Leck mich doch!«, brüll ich zurück.
»Hör gar nicht hin«, sagt Amal, schwingt die Arme über den Kopf und springt ab. Fast ohne Spritzer taucht er ins Wasser ein. Amal ist echt gut in Köpper. Ich nicht. Ich steh zitternd in meiner Shorts auf dem Grasbüschel am Uferrand und hab die Arme um meinen Oberkörper geschlungen, weil mir so kalt ist. Oder vielleicht auch, weil ich tatsächlich ein bisschen Angst hab. Schwimmen kann ich, na klar, nicht besonders gut, aber ich kann's. Ich spring nur nicht gerne ins Wasser von so weit oben.
»Feigling!«, brüllt Finn, und Basti und Timo lachen laut. Ein Stück weiter weg taucht Amal gerade wieder auf. Er schüttelt sich prustend das Wasser aus den Locken, spuckt 'ne halbe Fontäne in die Luft und winkt mir zu.
»Komm!«, ruft er. »Das Wasser ist super!«
»Komm!«, äfft Finn ihn nach. »Na, komm schon, du Nulpe! Die Fische beißen dich nicht, ist eh nichts an dir dran!«
Ich seh zu Amal, der mich angrinst, und geh vorsichtig

einen Schritt nach hinten, ohne auf Finns wieherndes Lachen zu hören. Dann kletter ich den Abhang wieder runter, bis unten zum Ufer, wo die Wellen gegen den Sand lecken.
»Ich fass es nicht!«, schreit Basti. »Der traut sich nicht zu springen, der Penner!«
Vorsichtig stecke ich einen Fuß rein. Das Wasser ist wirklich super, nicht zu warm und nicht zu kalt, genau richtig. Ich beiß die Zähne zusammen und geh einfach los. Als ich bis zur Brust drinstehe, lasse ich mich nach vorne fallen. Das Letzte, was ich höre, bevor ich untertauche, ist Finns höhnische Stimme:
»Oh Mannomann!«, brüllt er. »Maaaanfred, du Asi!«

Als wir aus dem Wasser kommen, sind die anderen weg. Nur gut so, finde ich. Amal natürlich auch.
»Finn ist echt ein Fiesling«, sagt er und trocknet sich ab. »Voll die Bestrafung, dass wir den jetzt wieder jeden Tag sehen müssen.«
»Aber hallo«, sage ich. Seit letztem Jahr schon, seit der Fünf, sind Finn und die anderen mit uns in einer Klasse. Basti und Timo gehen ja noch irgendwie, jedenfalls, wenn sie nicht mit Finn zusammen sind, aber Finn nervt total. Der schiebt einen Spruch nach dem anderen, und mich hat er besonders auf dem Kieker.
»Einfach nicht hinhören. Musst einfach nicht hinhören, was der quatscht.« Amal wirft die nasse Badehose über den Lenker von seinem Fahrrad und zieht sein T-Shirt über. »Interessiert doch auch gar nicht, was Finn zu sagen hat. Oder?«
Amals Augen sind braun, mit kleinen goldenen Spren-

keln drin, die in der Sonne glitzern, als er mich ansieht. Wie er so dasteht und die letzten Tropfen aus seinen dunklen Locken schüttelt, fällt mir wieder ein, was Maike neulich auf dem Pausenhof gesagt hat: »Voll süß ist der«, hat sie zu Sarah gesagt hat, als ich gerade vobeikam. »Der einzige gute Junge aus unserer Klasse. Die andern sind doch alle blöd. Aber Amal, der hat ein voll süßes Lachen, und dem seine Locken sind richtig niedlich.« Dann hat sie mich gesehen und sofort war sie still. Und dann hat sie die Nase gerümpft und mir die Zunge rausgestreckt. Manche Mädchen sind einfach bescheuert.
Amal guckt auf seine Uhr. »Ich muss los. Is schon halb sieben.«
»Wollen wir nicht noch eben unten an der Radde 'n Wettrennen?«, frag ich, aber Amal schüttelt den Kopf.
»Nee, meine Mutter schlachtet mich, wenn ich Viertel vor nicht da bin. Kennst doch Bea.«
Bea, Amals Mutter, ist zwar ziemlich locker drauf, aber zu spät kommen ist bei ihr nicht drin. Da wird sie stinkig. »Du hast alle Freiheiten, Amal, aber 'ne Verabredung ist 'ne Verabredung. Zum Abendbrot bist du pünktlich und basta.« Amal hält sich lieber dran. Würde ich auch, an seiner Stelle. Aber muss ich ja nicht. Bei mir guckt keiner groß drauf, wann ich komm.
»Ciao, Amigo, bis morgen früh im feindlichen Lager«, sagt Amal und schwingt sich auf sein Rad.
»Zieh Leine.« Ich steck mir mein zusammengerolltes Handtuch hinten in die Shorts, die mächtig durchhängt, weil sie so nass ist. Badehose hab ich keine, macht aber nichts. Die Shorts tut's ja auch. Als ich hochguck, ist Amal schon weg. Ich fahr auch. Ich hab Hunger.

Auf der Straße vom See in die Stadt sind so ein paar Huckel, zur Verkehrsberuhigung, damit die Leute langsam fahren. Aber ich geh hier immer auf Vollgas. Wenn ich mich ganz nach vorne beuge, die Arme steif mache und richtig gut Anlauf nehme, komm ich glatt zweieinhalb Meter weit durch die Luft. Amal mit seiner alten Hollandgurke muss da immer passen, aber mein BMX-Rad hält das aus. Auch wenn's nicht danach aussieht. Irgendwann schaff ich mal vier, garantiert.
Ich bretter über die drei Huckel hinweg, voll der Überflieger. Beim vierten kommt mir ein Auto entgegen. Ich kann gerade noch ausweichen, aber der Fahrer muss trotzdem hart in die Bremsen. Er guckt total sauer. Ich streck ihm die Zunge raus und steige in die Pedale. Der kommt mir eh nicht hinterher, und da, wo ich langfahr, schon gar nicht.
Vor der Kossenmühle biege ich rechts ab und fahr im Stehen den kleinen Pfad neben dem Bach, der Radde, entlang. Die Brombeerbüsche sind höher als ich und schon leer gepflückt, aber die Hagebutten ein Stückchen weiter hängen noch alle dran. Hier mach ich sonst mit Amal Wettrennen, immer die Radde entlang bis zur Holzbrücke, da rüber und auf der anderen Seite wieder zurück. Macht totalen Spaß, außer wenn da welche rumlaufen und meckern, Muttis mit Kinderwagen oder Leute mit Hunden. Kommt leider oft vor.
Einen Moment überleg ich, ob ich mal kurz über die Holzbrücke fahren soll, das macht immer so ein irres Geräusch, so ein ganz lautes Rumpeln. Oder vielleicht die Kruppstraße hoch, am Haus von Gesine vorbei. Aber dann fahre ich doch geradeaus weiter, den kleinen Weg

bis zur Jahnstraße unten am Stadion. Mit einem Satz bin ich auf der Straße, und dann kann ich schon unser Haus sehen. Klein und irgendwie schrumpelig steht es da, auf der anderen Seite der Ausfallstraße, die zur Bundesstraße 70 hochführt, wo es nach Holland geht und zum Meer und überhaupt überallhin. Irgendwann stell ich mich mal dahin und halt den Daumen raus, wie Bea, Amals Mutter, das früher immer gemacht hat. Und dann nimmt mich einer mit und dann fahr ich da hoch, auf die B 70 und los, irgendwohin. Irgendwann mach ich das mal.

Die Gartenpforte ist offen, wie immer. Ich rausch durch, um die Hausecke rum und spring ab. Werner sitzt auf der Hintertreppe und raucht.
»Hej, Werner.« Ich lass mein Rad gegen die Mauer fallen.
»Nimm deine Karre da weg«, sagt Werner statt einer Begrüßung.
Ich tu so, als hätte ich nichts gehört, aber Werner hält mich am Bein fest, als ich vorbeiwill. »Tu die Karre da weg, ej.«
»Mann«, maul ich vor mich hin, aber ich stell mein Fahrrad doch lieber an den nächstbesten Baum. Ich hab keine Lust zu riskieren, dass es im Gebüsch landet. Und damit muss man rechnen, wenn Werner genervt ist. Und das ist er meistens, seit er vom Bund wieder zurück ist.
»Siehste«, sagt er. »Geht doch, du Arsch.«
Drinnen läuft die Glotze, wie immer. Ich bieg gleich rechts ab, zur Waschküche, Shorts aus, aber zu spät. Ma hat mich aus der Küche gesehen.

»Manfred!«, schreit sie. »Die Hosen! Spinnst du?«
»Zieh sie schon aus!«, ruf ich zurück, aber sie kommt mir hinterher. Da hab ich die Shorts schon aus und meine Jogging halb an. Ma hat Wasser in den Beinen, die kann nicht so schnell.
»Hab ich schon tausendmal gesagt, nimm 'ne trockene mit! Du holst dir den Tod! Wenn ich dich noch einmal so seh!«
»Schon gut, Ma!«, sag ich, aber so schnell regt sie sich nicht ab.
»Wenn ich dich noch einmal so seh!«, schreit sie, und dann macht sie den Mund zu und verzieht ihn ganz komisch. Das kenn ich, kann sein, dass sie gleich losheult. Wetten, sie hat was getrunken.
»Du kannst doch nicht mit nassen Hosen rumfahren, Junge, das geht nicht«, sagt sie mit zittriger Stimme und wischt sich über die Augen. »Du holst dir den Tod!«
»Nee, mach ich nicht mehr.« Ich werf die nassen Shorts über die Leinen, die quer über Werners Pritsche in der Ecke gespannt sind. Ma kommt zu mir rüber und schlingt die Arme um mich und drückt mich an ihre Brust, so fest, dass ich fast keine Luft krieg. Aber ich lass sie.
»Mein Kleiner«, flüstert sie in mein Haar. »Mein Kleiner!«
Ich kann den Schnaps in ihrem Atem riechen. Einen Moment lang drückt sie mich noch fester an sich, dann lässt sie mich los und geht in die Küche zurück.
Ich schnapp mir ein T-Shirt und geh hinterher. Eigentlich hab ich es ganz gern, wenn Ma mich so drückt. Aber ich bin immer froh, wenn's keiner mitkriegt. Sonst ha-

gelt's dämliche Sprüche, und auf die kann ich verzichten.
Pa sitzt vor der Glotze, vor sich ein halb leeres Schnapsglas und seine Pillen. Günni und Dieter hängen neben ihm ab. Keiner von ihnen hebt den Kopf, als ich reinkomme. Aus der Glotze kommt lautes Gekicher und dann ein Gong. Irgendein Quiz ist dran. Sieht Pa am liebsten. So viele Quizsendungen, wie der schon geguckt hat, müsste er längst alle Fragen beantworten können. Früher hat er ja auch immer mitgeraten, aber jetzt schon lange nicht mehr. Jetzt guckt er nur noch zu.
In der Küche sitzt Ma wieder am Tisch und strickt. Vor ihr steht die Schnapsflasche und ein winziges Glas.
»Ist Brot da?«, frag ich.
»Im Brotfach«, sagt sie und dreht den Kopf, damit sie an mir vorbei zum Fernseher gucken kann. Seit ich denken kann, sitzt Ma hier in der Küche und Pa im Wohnzimmer auf dem Sofa. Der Fernseher ist genau so aufgestellt, dass sie ihn beide gut im Blick haben. Wenn man woanders sitzt, kann man nicht so gut gucken. Dieter und Jochen maulen manchmal deswegen rum, aber der Fernseher bleibt da, wo er steht. Ich glaub, das ist die einzige Sache, wo Pa den Daumen draufhat, zusammen mit Ma natürlich. Aber die Glotze ist sowieso wohl die einzige Sache, für die Pa sich überhaupt noch interessiert.
Ich mach mir ein Brot mit Käse und eins mit Quark, und dann ess ich, an den Kühlschrank gelehnt. So ess ich meistens, jedenfalls abends.
Die Stricknadeln klappern, und das rote Wollknäuel auf dem Tisch zuckt unruhig hin und her, während der Faden sich blitzschnell abrollt. Mas geschwollene Finger

bewegen sich so flink, dass ich gar nicht erkennen kann, was genau sie eigentlich tun. Jedes Mal wieder wunder ich mich darüber – dass Ma mit ihren kaputten Fingern so unglaublich schnell stricken kann. Sie hat früher im Schlachthof gearbeitet, Fleisch gewaschen und so. Davon sind ihre Finger völlig kaputt.

»Wo ist denn Jochen?«, frag ich, aber Ma gibt keine Antwort. Sie starrt gebannt in den Fernseher, wo irgendein blasser Sparkassentyp gerade eine Frage beantworten soll.

»Wo ist Jochen?«, frag ich noch mal, aber Ma schüttelt nur unwirsch den Kopf.

»Psch!«, zischt sie und ich geb's auf. Ist sowieso Quatsch, das zu fragen. Ma weiß eh nicht, wo er steckt, und von den anderen garantiert auch keiner. Höchstens Werner, aber der ist mir zu mies drauf.

Der Sparkassentyp sagt irgendwas, und eine jaulende Hupe ertönt. Ma seufzt und drüben im Wohnzimmer schüttelt Dieter den Kopf.

»Mann, ist der behämmert!«

Günni guckt zu ihm rüber und dann schüttelt er auch seinen Kopf. »Behämmert!«, sagt er. »Total behämmert. Nicht, Dieter?«

»Klappe«, sagt Dieter stinkig. Er hat sein gelbes Nike-T-Shirt an und sein Basecap, das rote vom Baumarkt. Das Teil trägt er ständig, manchmal sogar im Bett.

»Krieg ich noch einen, Agnes?«, ruft Pa vom Sofa, und Ma schiebt ihren Stuhl zurück und steht schwerfällig auf.

»Aber nur einen, den letzten«, sagt sie und schlurft zu ihm rüber. »Denk an deine Pillen.«

»Is schon wieder so weit?«, fragt Pa und guckt zu ihr hoch.
»Nee«, sagt Ma und schenkt sein Schnapsglas voll. »Erst wieder um zehn. Bisschen musst du noch warten.«
Pas Schultern sinken in sich zusammen, als er das Schnapsglas anguckt, es hochhebt und einen Schluck davon nimmt. Seine Augen sind ganz wässrig und sehen müde aus, so, als würde er jeden Moment einschlafen. Aber das macht er ja nicht. Ganz im Gegenteil. Pa schläft fast nie. Er kann nicht schlafen, er liegt immer nur da und denkt nach und hat Kopfweh. Deshalb kriegt er ja auch die Pillen, seit ein paar Jahren. Schlafen kann er zwar immer noch nicht, aber wenigstens rastet er jetzt nicht mehr aus und tobt rum und heult dann tagelang Rotz und Wasser.
Ich schieb mir den Rest vom Brot in den Mund und guck aus dem Fenster. Draußen rattert ein Laster vorbei und drüben, am Stadion, kommt 'ne Gruppe Jungs aus dem Eingang gelaufen, die Fußballschuhe über der Schulter. Basti ist auch dabei und einer, den ich aus der Kruppstraße kenn. Sie stehen da und quatschen und lachen und dann hebt Basti plötzlich den Kopf und guckt rüber. Ich drück mich schnell an die Seite. Als ich vorsichtig am Schrank vorbeiguck, kann ich sehen, wie Basti mit dem Finger auf unser Haus zeigt und irgendwas ruft, und die anderen lachen. Sogar der aus der Kruppstraße lacht. Arschlöcher, denk ich.
Ma sitzt schon wieder am Tisch und strickt, und Pa und Dieter stieren in die Glotze. Nur Günni nicht. Günni starrt an die Decke und murmelt was vor sich hin.
Dann sagt er es laut: »Total behämmert, oder, Dieter?«

»Alles klar, Günni«, sagt Dieter abgenervt und rammt Günni den Ellbogen in die Seite. »Und jetzt halt endlich die Klappe.«
Günni reibt sich die Seite und grinst vor sich hin.
Ich guck aus dem Fenster. Die Jungs stehen immer noch vorm Stadion und glotzen kichernd zu uns rüber.
»Ich geh noch mal raus«, sag ich.
»Pscht!«, zischt Ma.
Ich stoß mich vom Kühlschrank ab und verzieh mich nach draußen.

Werner sitzt nicht mehr auf der Hintertreppe und mein Fahrrad ist auch weg. Ich werd sofort so sauer wie selten, aber es nutzt nichts: Die Kiste ist nicht mehr da.
Trotzdem such ich 'ne Weile rum, neben dem Anbau, wo ein Haufen Schrott liegt, im Gestrüpp neben der Pforte und sogar zwischen den Brennnesseln guck ich nach. Ums ganze Haus stehen massig Brennnesseln. Überhaupt, der Garten ist total verwildert und voller Unkraut, nur der Weg hintenrum und der kleine Platz vor der Hintertreppe sind noch frei. Vorne im Vorgarten reichen die Brennnesseln sogar bis zum Fensterbrett hoch. Müsste man echt mal wieder schneiden, denk ich, während ich ein paar Stängel auseinander trete und nach meinem Rad Ausschau halte. Fehlanzeige natürlich.
Aber wer von uns hat da schon Lust zu, Brennnesseln schneiden? Und außerdem haben wir eh kein Werkzeug dafür. Vorigen Sommer, als ich mal Langeweile hatte, hab ich es mit 'ner Schere versucht, aber bald aufgegeben. Seitdem wuchert das Zeug, wie es will. Die Nach-

barn, Nyhuis, meckern immer mal wieder deswegen, aber uns ist es egal. Mit denen liegen wir sowieso ständig im Clinch.
Dabei hatten wir früher sogar mal ein kleines Gemüsebeet. Hat sich Pa drum gekümmert. Aber die Zeiten sind echt lange vorbei.
Im Vorgarten nachzugucken spar ich mir. Die Jungs drüben brauchen mich wirklich nicht dabei zu sehen, wie ich zwischen den Brennnesseln rumhüpfe. Und die Kiste ist eh weg, Werner ist damit ab. Macht er manchmal, obwohl ich ihn immer voll anschrei deswegen.
Als ich durch die Gartenpforte zockel, schmeißt drüben auf der anderen Seite der Radde gerade einer seine Flaschen in den Altglascontainer. Dahinter brettern die letzten Autos vom Supermarkt-Parkplatz. Einen Moment weiß ich nicht, wohin ich soll. Wenn Amal noch in der Kruppstraße wohnen würde, dann könnt ich zu ihm. Bockmist ist das. Geh ich halt zum Bahndamm.
Ich lauf über die Brücke, quer übern Parkplatz und hinter der Tanke entlang zum Damm hoch. Es ist immer noch ziemlich warm und es riecht nach Sonne und heißem Asphalt, der langsam abkühlt. Ab und zu weht ein Windstoß den Müll hoch, der auf dem Parkplatz rumliegt, Papierreste, Plastiktüten und Fetzen von Karton. Ich kick eine Bierdose zur Seite, nehm Anlauf und renne den Hang hoch. Hier, zwischen den Bäumen, ist es viel kühler, aber mir macht das nichts aus. Ich frier selten. Obwohl ich so dünn bin.
Hier oben liegt auch jede Menge Müll. Ich frag mich immer, wie der dahin kommt, hab hier noch nie jemanden getroffen. Deshalb ist das ja auch einer meiner Lieblings-

plätze: Hier hab ich meine Ruhe und alles im Blick, den Supermarkt, den Parkplatz, die Tanke und, wenn ich noch weitergeh, sogar den Schießstand. Der liegt am hinteren Ende vom Parkplatz und gehört zu 'nem Schützenverein. Vorne ist das Clubhaus und hinten, hinter 'nem Zaun und mit Stacheldraht gesichert, der Schießstand. Voll die Festung, das Ganze, vorne das Haus, rechts und links Bäume und Zäune und hinten der Bahndamm. Aber vom Hang aus kann man halt reingucken.

Jetzt aber ist keiner da, alles verrammelt und zu. Überhaupt ist nichts mehr los. Die letzten Kunden vom Supermarkt sind weg. Der Parkplatz ist leer, und auf der anderen Seite vom Hang, beim Biobauern, ist auch tote Hose. Der Sportplatz vom Gymnasium daneben liegt wie ausgestorben in der untergehenden Sonne.

Ich steh ein bisschen dumm rum und guck mir den Müll an. Manchmal liegt was Gutes da, 'ne Pfandflasche oder sogar ein Geldstück. Aber heut hab ich kein Glück.

Plötzlich hör ich ein Brausen, von weiter weg, das sich rasch nähert. Aus dem Stand sprinte ich vor, bis dahin, wo der Hang auf den Bahndamm trifft. Kurz vor den Schienen halte ich an, stell die Beine breit auseinander, geh leicht in die Knie. Sicherer Stand ist alles, sagt Jochen immer.

Und dann kommt es auch schon: ein Ungetüm mit dunkler Schnauze, pfeifend im Wind, mit ratternden Rädern und heulender Hupe, die direkt vor mir loskreischt. Wetten, der Lokführer hat mich gesehen, wetten, die ist für mich? Mann, ist die laut!

Der Fahrtwind wirft mich fast um, zieht an meiner Hose,

an meinem T-Shirt. Aber ich steh wie ein Baum, na logisch! Und ich muss lachen, ich lache gegen den Wind an, gegen das Rumpeln und Rattern der Räder und die schrill kreischende Hupe. Und dann schrei ich, so laut, wie ich kann. Mich kann eh keiner hören. Nicht bei dem Lärm!
Dann ist der Zug an mir vorbei. Ich seh ihm nach, bis die Rücklichter hinter der Kurve verschwunden sind, auf dem Weg in den Ruhrpott oder noch weiter, bis Frankfurt, bis München, weiß der Geier, wohin. Langsam geh ich über die Gleise und werf einen Blick den Bahndamm runter. Auf der anderen Seite ist auch nicht viel los. Die paar Häuser da unten liegen still da, daneben spiegelt sich die Sonne in den randvollen Becken der Kläranlage. Ich zieh die Luft ein, aber heute kann ich sie nicht riechen, nicht mal ein bisschen. Auch gut. Manchmal stinken die drei Becken so sehr, dass die Miefschwaden ganz bis zu uns nach Hause rüberziehen. Pa rennt dann jedes Mal raus, hält die Nase in den Wind und jammert, dass alles stinkt und dass sie das extra machen, um uns zu ärgern, und so weiter und so fort. So lange, bis einer von uns ihn wieder reinholt. Meistens Ma. Die kann das am besten.
Wenn Ma mich jetzt sehen würde, wär sie echt am Routieren. »Nie zum Bahndamm, hörst du!«, schreit sie mich ab und zu an. »Du gehst nie zum Bahndamm hoch, ist das mal klar?« Ich sag immer ja, aber natürlich geh ich hier oft hin. Was soll ich denn sonst schon groß machen?
Langsam balancier ich die rechte Schiene entlang in Richtung Norden, am Schießstand vorbei. Daneben liegt

die Wiese, auf der wir manchmal Fußball spielen. Ist zwar verboten, aber der Bauer, dem sie gehört, kommt eh nie vorbei. Und wenn, dann sind wir immer schneller als er.

Ein paar Meter weiter steht ein alter Bretterverschlag, der in der Sonne vor sich hin rottet, und dann kommt die kleine alte Eisenbahnbrücke über die Radde.

Hier hab ich immer ein bisschen Schiss. Wenn ich genau in der Mitte bin und ein Zug käme, würde ich alt aussehen. Aber bis jetzt hatte ich immer Glück, und heute ist es genauso. Auf den letzten paar Zentimetern rutsche ich zwar von der Schiene, aber ich schaff es trotzdem noch, über den Schotter auf festen Boden zu springen. Schwer atmend rutsch ich den Abhang runter und bin wieder auf dem kleinen Weg an der Radde, diesmal auf der anderen Seite von unserm Haus. Hier steht hohes Schilf dicht am Ufer, höher als ich. Dazwischen seh ich das bräunliche, langsam dahinfließende Wasser, auf dem kleine Schaumkronen treiben. Im Gras, zwischen den Bäumen, zirpen ein paar Grillen, und von der B 70 her kann ich Motorengedröhn hören, Autos, Laster und auch ein Motorrad. Die hör ich am liebsten. Klingt einfach geil, so 'ne Kiste, richtig satt. Langsam schlender ich weiter. Es hat angefangen zu dämmern, und die Luft wird jetzt rasch kühler.

Als ich zur Pforte reinwill, kommt Werner eben die Straße langgebrettert. Auf meinem Fahrrad. Sieht scheiße aus, wie der da draufhockt, der lange Lulatsch.

»Hep!«, ruft er und schwenkt einen Arm. Kommt natürlich ins Schleudern, auf dem letzten Meter rutscht ihm die Kiste glatt unterm Arsch weg und er lässt sie sausen.

Das Vorderrad dongt gegen die Pforte. Werner springt ab und steht grinsend vor mir.
»Mann, du Arsch!«, schrei ich und greif nach dem Lenker. »Das ist mein Fahrrad! Wehe, wenn da was dran ist!«
Werner grinst nur blöd. »Halt's Maul, Mini. Hab's mir nur kurz mal geborgt. Leihst du deinem großen Bruder doch gerne, oder?« Er zieht hoch und spuckt mir voll über die Schulter, mitten ins Gras hinter mir. Manchmal hass ich ihn echt. Großer Bruder, ja toll! Hätt ich lieber vier kleine.
Ich guck nach, ob was kaputt ist, aber scheint alles okay zu sein mit meinem Fahrrad. Ist mein Ein und Alles, die Karre. Hab ich letztes Jahr zum Zehnten gekriegt, das war echt der Hammer. Ich will rein damit, aber Werner packt mich an der Schulter.
»Kriegst auch was fürs Leihen. Guck mal. Ich hab was für dich.« Vor meinem Gesicht baumelt was Grünes, und vorsichtig guck ich's mir an. Es sieht warm aus und flauschig, und als ich's erkenn, bin ich platt. 'ne Mütze, 'ne Adidasmütze, voll cool, aus grünem Fleece mit schwarzem Logo vornedrauf. So eine hat keiner.
»Für mich?«, frag ich ungläubig, und Werner nickt.
Jetzt seh ich auch, dass er noch mehr hat. Der Reißverschluss von seiner Trainingsjacke ist bis oben hin zu, und Werners Bauch darunter ist unförmig dick. Der war wieder auf Tour.
»Mehr gibt's nicht!«, sagt Werner, der meinen Blick mitgekriegt hat. Er klopft sich auf den Bauch. »Der Rest wird getauscht. Irgendwoher muss ich meine Fluppen ja kriegen!«

Ich setz die Mütze auf. Bisschen zu groß, aber egal. Fühlt sich prima an.
»Cool«, sag ich. »Geil, ej!«
Werner ist schon an mir vorbei.
Ich bleib noch was stehen mit meiner Mütze auf und dem Fahrrad in der Hand. Erst jetzt merk ich, dass mir langsam kalt wird in meinem T-Shirt und der dünnen Jogging. Nur auf dem Kopf ist mir warm. Ich muss grinsen, und im selben Moment geht auf der anderen Seite der Straße die Neonbeleuchtung vom Stadion an und kurz darauf auch die Blinkreklame hinter dem Haus, die zu Nyhuis gehört, dem Autohändler von nebenan. Und dann fängt das Kühlaggregat vom Supermarkt an zu brummen, tierisch laut. Wenn Pa das hört, kriegt er 'nen Anfall. Der kann das nicht ab. Aber was kann der schon noch ab?
Ich zieh mir die Mütze über die Ohren. Jetzt ist das Brummen viel leiser. Könnt auch 'ne riesige Biene sein, die um mich rumsummt.
Echt cool von Werner, das mit der Mütze.

Später kann ich nicht schlafen. Ich lieg im Bett, die Mütze immer noch bis über die Ohren gezogen, und guck der Reklame zu, die direkt in unser Fenster hineinblinkt. *Alles fürs Auto,* abwechselnd rot und weiß. Mir gegenüber, auf der anderen Seite vom Zimmer, liegt Günni mit offenem Mund auf der Seite, und an der Stirnwand schläft Dieter im unteren Stockbett. Sogar im Schlaf sieht er stinkig aus, und im blinkenden Licht kann ich die Narbe in seiner Lippe deutlich erkennen. Manchmal denk ich, der ist deswegen immer so stinkig. Wegen der Hasenscharte.

Na ja, eigentlich hat er ja keine Hasenscharte mehr, die haben sie ihm ja zugenäht. Aber er sieht eben irgendwie komisch aus, nicht normal halt. Heute sollen sie so was angeblich besser hinkriegen, aber als Dieter geboren wurde, ging das noch nicht so gut. Dieter meint, dass er so kein Mädchen abkriegt, aber dass ihm das egal ist, weil er sowieso keine Freundin will. Weil die Weiber alle doof sind.

Dieter seufzt im Schlaf und dreht sich zur Wand, und ich guck wieder zur Blinkreklame rüber. Ich find nicht alle Mädchen doof. Manche, so wie Sarah und Maike, die sind echt bescheuert. Aber nicht alle. Die meisten sind völlig okay. Und manche, zum Beispiel Gesine, sind richtig ... Ich weiß kein Wort dafür, außer gut. Aber das passt irgendwie nicht.

Ich wälz mich auf den Bauch, und dann hör ich ein Knirschen von draußen und vorsichtige Schritte im Flur. Leise geht die Tür auf und Jochen kommt rein. Als er seine Hose auszieht und auf den Boden fallen lässt, richte ich mich auf, und er kommt zu mir rüber. Er hat einen schwarzen Schmierfleck im Gesicht, und sein Haar ist ganz verstrubbelt.

»Wo warst du denn?«, flüster ich, aber Jochen gibt keine Antwort. Hab ich auch gar nicht mit gerechnet.

»Schläfst du noch nicht?« Er bückt sich zu mir runter und fährt mir mit der Hand übern Kopf. »Was is'n das?«

»Hat mir Werner geschenkt«, sag ich leise.

»Billigscheiße«, brummt Jochen und verzieht den Mund.

»Gar nicht! Ist von Adidas, ehrlich!« Ich zeig ihm das Logo, aber Jochen winkt ab.

»Schon gut, Kleiner«, sagt er und steht auf. »Schlaf gut.

Bis morgen.« Er klettert an Dieter vorbei ins obere Stockbett, schmeißt seine Socken runter und zieht sich die Decke über den Kopf. Nach ein paar Minuten wird sein Atem ganz ruhig, und ich weiß, er ist auch weg. Im Land der Träume. Oder sonst irgendwo.
Ich mach die Augen zu. Hinter meinen Lidern blinkt die Neonreklame, rot, weiß, rot und weiß. Aus der Ferne kommt das Brummen vom Kühlaggregat und vermischt sich mit dem Atem meiner drei schlafenden Brüder. Ich zieh mir die Mütze über die Augen. Jetzt ist es fast dunkel hinter meinen Lidern. Nicht ganz, aber fast.

Am nächsten Morgen bin ich spät dran. Spalthoff, unser Klassenlehrer, steht schon vorm Pult, und die anderen sind alle auf ihren Plätzen, als ich mich in die Klasse drücke.
»Geile Mütze, wo hast du denn die her?«, flüstert Amal anerkennend, während ich mich neben ihn in die Bank schiebe.
»Von Werner, geschenkt«, flüster ich stolz zurück. In der Bank neben uns sitzt Gesine und kramt in ihrem Federmäppchen. Ich peile kurz zu ihr rüber, aber sie ist beschäftigt.
»Bei Sport-Borchers haben sie gestern Nacht eingebrochen und haufenweise Adidasmützen geklaut«, sagt Finn laut von hinten, und alle gucken mich an. Ich merk, wie ich knallrot werde. Einen Moment denk ich glatt, dass es stimmt, was er da sagt. Aber dann dreh ich mich um und seh sein fettes Grinsen.
»Spinner!«, zisch ich, und Spalthoff haut mit der flachen Hand knallend aufs Pult und guckt finster zu mir rüber.

»Ruhe jetzt! Das geht nicht, Manfred, erst zu spät kommen und dann noch den Unterricht stören.«
»Welchen Unterricht? Hat doch noch gar nicht angefangen«, murmele ich vor mich hin, und Spalthoff haut wieder mit der Hand auf den Tisch.
»Noch ein Wort, Manfred, und du gehst zum Rektor, ist das klar?«
Amal tritt mir unterm Tisch auf den Fuß und ich sag: »Ja, alles klar.«
»Und die Mütze ab!«
Mir bleibt ja wohl nichts anderes übrig.
»Und jetzt«, sagt Spalthoff, auf einmal mit Grabesstimme, »jetzt werde ich euch die Kurseinteilungen für Englisch und Mathematik für dieses Halbjahr vorlesen.«
»Oh Scheiße«, flüstert Amal. »Kann er ja gleich ein Schwert nehmen und mir die Rübe abhauen.«
»Ich muss mit Bedauern feststellen«, sagt Spalthoff und guckt scharf zu Amal und mir, bevor er wieder auf sein Blatt runtersieht, »dass nur vier Schülerinnen und Schüler von dreißig den Sprung in den Englisch-A-Kurs geschafft haben. Nicht gerade eine saubere Leistung. Also: Gesine, Josefine und Finn. Und ...« Er räuspert sich kurz und sieht wieder mich an, dabei hab ich echt nichts gemacht. Ich sitz einfach nur da.
»Und Manfred«, sagt Spalthoff.
Irgendwo hinter mir buht jemand. Basti oder Timo, könnte ich wetten. Arschgeigen, feige.
Amal boxt mir gegen den Arm. »Sauber, Alter!«
Ich werf einen Blick zu Gesine. Jetzt guckt sie mich an, nur ganz kurz, aber trotzdem.
»War doch klar«, sage ich cool zu Amal und kipp mei-

nen Stuhl auf die Hinterbeine. Plötzlich merk ich, dass mir das Herz klopft.

In der Pause stehen wir draußen am Zaun. Ich hab die Mütze wieder auf und bis über die Ohren gezogen, obwohl die Sonne mir voll auf den Kopf brennt.
»Shit«, sagt Amal und spuckt auf den Boden. »Beides Mal C. Sieht nach Hauptschule aus, oder was meinst du, Streber?«
»Nenn mich nicht Streber, du Niete!«
Nächstes Halbjahr kriegen wir unsere Schulempfehlungen. Mit meinem C-Kurs in Mathe und dem A-Kurs in Englisch ist für mich vielleicht sogar Realschule drin. Fänd ich nicht schlecht, das hat aus unserer Sippe bisher nur Jochen geschafft. Aber zweimal C sieht wirklich nach Hauptschule aus. Kann Amal gleich hier bleiben, so wie Dieter, der da drüben am Tor lehnt und eine qualmt. Dieter ist zweimal backen geblieben und quält sich jetzt durch die Neun. Wenn er mal hingeht.
»Streber«, sagt Amal noch mal und grinst mich breit an. Dann werden seine Augen schmal, als er mir über die Schulter guckt. Ich dreh mich schnell um, aber zu spät. Im nächsten Moment fliege ich nach vorn, gegen Amal, und wir beide kippen gegen den Zaun.
»Mannomann, so was aber auch«, sagt Finn hinter mir und schnappt nach meiner Mütze. Aber diesmal bin ich schneller.
»Finger weg!« Ich tret ihm vors Schienbein, aber ich erwisch ihn nur halb. Finn reibt sich das Bein und grinst mich höhnisch an.
»Ist doch sowieso nur geklaut«, zickt er mich an, wäh-

rend sich Basti und Timo mit verschränkten Armen neben ihm aufbauen. »Wetten? Wenn ihr Hannemänner mal keinen Billigscheiß habt, ist er gestohlen, das weiß doch jeder.«
»Arschloch«, sag ich und balle die Fäuste. »Und wenn schon!«
»Besorg dir doch lieber vom Bauern 'nen speckigen Cordhut, der passt besser zu deinen Tretern«, sagt Timo und lacht gehässig. Finn und Basti fallen mit ein. Alle gucken auf meine Schuhe, schmuddelige weiße Turnschuhe mit einem Streifen an der Seite. Beim rechten ist vorne die Naht aufgerissen. Ich merk, wie ich rot werd, aber vor Wut. Als ich die Fäuste hebe, geht Amal dazwischen.
»Ihr seid ja bloß neidisch«, sagt er lässig und dreht sich zur Seite, so, als würde ihn das alles total langweilen. Das hat er echt drauf. Ich lass die Arme wieder sinken.
»Neidisch? Ha! Worauf denn?« Finn verzieht die Mundwinkel. »Auf deine ollen Latschen etwa? Oder deine müllige Jogginghose?« Die drei lachen schon wieder, aber irgendwie ist die Luft raus.
»Komm, wir holen uns noch 'nen Kakao«, sagt Amal und geht weg, und ich latsch hinter ihm her, ohne mich noch groß um die andern zu kümmern. Die können mir echt gestohlen bleiben, die Ärsche. Das Blöde ist nur, dass sie Recht haben. Mit dem Billigscheiß jedenfalls. Das weiß Amal genauso wie ich. Aber deshalb lotst er mich ja auch weg. Weil, wenn die andern Recht haben, kannst du nichts machen. Nur cool bleiben oder dich prügeln.

»Geil, dass wir jetzt endlich Schwimmen kriegen«, sagt Amal, als wir nach der Schule zu ihm fahren, an der alten Schleuse vorbei, wo das Wasser in dicken Sturzbächen runter in den Fluss stürzt. »Aber Leichtathletik war noch viel besser.«

»Oder Radfahren«, sag ich, und Amal lacht. Ich muss daran denken, dass ich jetzt wohl wirklich 'ne Badehose brauche. In Shorts beim Schulschwimmen, das macht sich nicht so gut, schätz ich. Mit zusammengebissenen Zähnen rase ich hinter Amal her, der in einem Affenzahn über den holprigen Pfad saust und quietschend an der Straße anhält. Es ist kein Auto in Sicht, und gleichzeitig düsen wir los, in den schmalen Weg, der von riesigen Eichen gesäumt ist.

Ganz am Ende liegt das Haus, in dem Amal und Bea wohnen. An der Fassade blättert der Putz ab, und im Vorgarten wuchert das Unkraut mannshoch, aber hier gibt's keine Nachbarn, die sich dran stören. Es ist das einzige Haus weit und breit, hier kommt kaum jemand vorbei, höchstens aus Versehen. Die haben echt ihre Ruhe hier, Amal und Bea. Ist nicht so wie bei uns. Wir sind ja voll auf dem Präsentierteller mit unserer Hütte.

Eine bunt angemalte Ente ist vor der Tür geparkt, und aus dem Garten hinterm Haus sind Stimmen zu hören.

»Neuer Lover?«, frag ich und Amal nickt und verdreht die Augen. Amal kann seine Ma echt gut leiden, gar keine Frage. Aber von ihren ständig wechselnden Liebhabern ist er manchmal ziemlich genervt.

Als wir um die Ecke biegen, sitzt Bea auf dem Schoß von einem Typen, den ich nicht kenne. Ein typischer Bea-Typ, groß, knochig, mit 'nem farbbekleckseten Overall an und struppigem Haar auf dem Schädel. Er will sich gerade 'ne Zigarette anzünden, aber als er uns sieht, lässt er sie wieder sinken.

»Hi, Jungs!«, ruft Bea. »Wie ist es gelaufen? Welche Kurse stehen an?«

»Ich hab Hunger, ist was gekocht?«, fragt Amal statt einer Antwort und Bea sieht ihn forschend an. Dann steht sie auf und zieht Amal am T-Shirt zu sich ran.

»He, he, ich hab zuerst was gefragt«, sagt sie und zwinkert ihm zu. Amal sieht Hilfe suchend zu mir rüber, dann hebt er die Schultern und lässt sie wieder fallen.

»Beides Mal C«, sagt er. »Aber ehrlich, ich werd schon noch besser. Wir kriegen Schwimmen, da hol ich glatt 'ne 1.«

Bea fährt ihm durchs Haar. »Mit Sport kommst du nicht weit, mein Lieber«, sagt sie und schüttelt den Kopf. Bea hat ganz lange glatte blonde Haare, die wie dünne Spagetti um ihren Kopf rumfliegen, wenn sie ihn schüttelt, ganz anders als Amal mit seinen wilden Locken. Muss er von seinem Vater haben. Aber den kennt Amal gar nicht.

»Doch«, sagt Amal, »wetten, wohl? Olympiasieger über 100 Meter Brust ist doch nicht schlecht. Oder im Weitsprung!«

Bea lacht. »Amal ist völliger Sportfanatiker«, sagt sie lächelnd zu dem Typ mit den struppigen Haaren, der immer noch die Zigarette zwischen den Fingern dreht. »Er will unbedingt in den Leichtathletikclub hier nebenan im neuen Stadion, und ich hab mich jetzt breitschlagen lassen. Nächste Woche geht's los.«

Der Typ nickt anerkennend. »Weitspringen machst du?«, fragt er und Amal fängt sofort an aufzuzählen:

»Weitsprung und Hochsprung und Stabhochsprung auch, und vielleicht Laufen. Aber nur Sprinten, Langstrecke find ich öde.«
Beim Thema Leichtathletik kommt Amal immer in Fahrt. Für mich wär das ja nichts, ich bin eh nur in Fahrradfahren gut. Aber so richtig schnell bin ich da auch eigentlich nicht. Nur flink.
»Komm jetzt, Sportsfreund, jetzt gibt's was zu essen«, sagt Bea und dann guckt sie mich an. Sie hat diesen ganz speziellen Blick drauf, mit dem sie mich oft anguckt: ganz freundlich, aber dahinter irgendwie komisch. Bea ist eigentlich echt nett zu mir, aber manchmal glaub ich, sie kann mich im Grunde nicht ab.
»Hast du schon gegessen?«, fragt Bea mich.
Ich schüttel den Kopf und sie nickt und geht rein, in die Küche. Amal geht hinterher, aber ich bleib lieber draußen. Ohne hinzusehen, merk ich, dass der Typ auf dem Stuhl mich mustert, von oben bis unten und wieder zurück. Ich kann richtig spüren, wie sein Blick über meine Mütze gleitet, an meinem leicht angeschmuddelten T-Shirt und den ollen Shorts mit dem Riss an der Seite runter zu meinen ausgelatschten Turnschuhen. Und dann wieder hoch. Als er wieder bei meinem Gesicht angekommen ist, zieh ich geräuschvoll die Nase hoch, und er guckt weg.
Ich weiß genau, was der sieht: 'nen mickrigen Jungen mit Segelohren und 'ner hässlichen Fresse in Billigklamotten. Na und? Hat doch selber voll struppige Haare und 'nen fleckigen Overall an, der Kollege. Was ist daran denn besser?
Der Typ stopft sich die Zigarette in den Mund und lässt

sein Feuerzeug aufflammen, und der süßliche Geruch von Hasch zieht durch den Garten.
»Krieg ich 'n Zug?«, frag ich und er zuckt sofort zusammen und sieht mich schief an.
»War bloß 'n Scherz«, sag ich, und dann ruft mich Amal, zum Tellerraustragen, und ich mach, dass ich reinkomm.

Wir essen im Garten und Bea und ihr Neuer sitzen dabei. Es gibt Gemüse mit Reis, wie meistens bei Bea. Immer obergesund und nie Fleisch. Mir ist das egal. Hauptsache, warm.
»Amal, ist ja ein ungewöhnlicher Name«, sagt Beas Typ und betrachtet Amal nachdenklich.
»Das ist arabisch und heißt Hoffnung«, sagt Bea stolz.
»Und wie bist du darauf gekommen?«
»Ich war gerade in Afrika, im Senegal in der Wüste, als Amal geboren wurde«, fängt Bea an zu erzählen, und ihre Stimme kriegt wieder diesen schwärmerischen Tonfall, den sie immer draufhat, wenn sie von ihren Reisen erzählt. Bea ist ziemlich viel rumgekommen in der Welt, Amal auch, logisch. Den nimmt sie ja mit. Diesen Sommer waren sie sechs Wochen in Neuseeland. Muss geil sein da unten. Ich war noch nie irgendwo außer hier.
»Warst du ganz allein da im Senegal unterwegs?«, fragt der Typ beeindruckt und Bea nickt eifrig. »Ja, hatte mich kurz zuvor von Amals Vater getrennt. Da war ein Dorf in der Nähe, mitten in der Wüste, und ...«
Während Bea weiterredet und zum zigsten Mal die Geschichte von Amals sagenhafter Geburt erzählt, die ich schon so oft gehört hab, werf ich einen Blick zu Amal.

Obwohl es ja eigentlich um ihn geht, lässt er sich nicht stören. Er schaufelt Gabel um Gabel in sich hinein, und ich tu es ihm gleich. Ich krieg gar nicht mit, dass Bea aufgehört hat zu erzählen, so vertieft bin ich ins Essen.
»Na, du hast ja 'nen Hunger!«, sagt Bea plötzlich, und erst als ich hochguck, seh ich, dass sie mich meint. »Hast du nicht gefrühstückt?«
»War spät dran heute Morgen«, sag ich, und ein paar Reiskörner fliegen mir dabei aus dem Mund und landen auf dem Tisch. Bea guckt angewidert, aber Amal grinst.
»Iiih, Manne, du Schwein!«
»Selber Schwein! Schwein mit Locken!«, geb ich zurück und streck ihm die Zunge raus mitsamt ein bisschen zermatschtem Essen.
Amal schüttelt sich und streckt mir ebenfalls die Zunge raus. Ein Brei aus weißem Reis und grünem Gemüse liegt obendrauf, voll eklig.
»Sag mal, spinnt ihr!«, ruft Bea wütend. »Das ist nicht lustig, das ist ekelhaft!«
Sofort klappen Amal und ich unsere Münder zu. Amal versucht unschuldig dreinzusehen, aber ich kann mir ein Grinsen kaum verkneifen.
Bea funkelt mich an. »Bei euch zu Hause macht das wahrscheinlich ja nichts, wenn du so rumferkelst, aber hier wird ordentlich gegessen!«
Ich werf einen Blick zu Amal, der ganz bedröppelt aussieht, und dann seh ich Bea an. Einen Moment lang ist es so, als würd ich eine andere Bea sehen als die, die ich sonst vor mir hab. Wütend sieht sie aus und angeekelt und irgendwie auch verlegen.
»Bei uns darf ich das auch nicht«, sage ich lahm und

schieb meine Mütze ein Stückchen nach oben. Mir ist ganz schön warm.
Bea kneift die Lippen zusammen und nickt, dann guckt sie auf den Tisch. »He, wo ist denn der Joint abgeblieben?«
Ihr Typ wird leicht rot. »Der ist weg. Ich mach dir 'nen neuen.«
Bea fängt an zu grinsen und jetzt ist sie wieder die Alte. »Das will ich hoffen. Hast ihn heimlich geraucht, was, damit die Kids das nicht sehen? Keine Sorge, Amal ist das gewöhnt. Und Manne«, sie zögert kurz, »der kennt das auch. Stimmt's, Manne?«
Ich nicke und esse weiter. Klar kenn ich das. Werner kifft auch ziemlich oft, die andern ab und zu, sogar Jochen, seit er nicht mehr läuft. Während Beas Typ das Zigarettenpapier zu sich rüberzieht und einen neuen Joint zu drehen beginnt, versuch ich mir meine Brüder hier vorzustellen. Werner, wie er dabeisitzt und kifft, mit Bea. Aber es passt einfach nicht. Kiffen ist kiffen, ja sicher. Aber trotzdem, da liegen Welten dazwischen.
»Fertig«, sagt Amal und schiebt seinen Teller zurück. »Gehen wir zum Stadion rüber? Die Tartanbahn ist fertig, musst du unbedingt sehen!« Er springt auf und trägt unsere Teller schnell in die Küche. Ich steh auf und zieh meine Mütze wieder über die Ohren.
»Na, hat es geschmeckt?«, fragt mich Bea.
Ich nicke. Sie guckt mich immer noch an. Sie scheint auf was zu warten, aber ich weiß nicht, auf was. Weiß ich bei ihr oft nicht. Zum Glück kommt Amal gleich wieder raus. »Tschüs dann, bis später!« Er küsst Bea auf die Wange, und dann ziehen wir los.

Bevor wir um die Ecke biegen, guck ich mich noch einmal um. Beas Neuer steckt gerade den Joint an, und Bea sieht uns nachdenklich hinterher. Wenn ihr Gesicht nicht halb von den Haaren verdeckt wäre, könnte ich schwören, dass sie die Nase gerümpft hat.

Diesmal fahr ich auf dem Nachhauseweg in der Kruppstraße vorbei. Die Kruppstraße, das sind neun Wohnblocks, die zwischen Stadion und Bahndamm geklatscht sind, etwas oberhalb von unserer Hütte. In drei von den Blocks sind Wohnungen, die anderen bestehen aus Reihenhäusern mit handtuchgroßen Gärten dahinter. Alles ganz klein und piefig, eigentlich unheimlich spießig. Aber ich mag die Straße, weiß auch nicht, warum. Ich fahr gerne hier lang und guck mir die ordentlichen Gärten und Reihenhäuser an. Nicht, dass ich lieber hier wohnen würde. Nee, das nun echt nicht. Aber trotzdem, angucken tu ich es mir gerne.
Gemächlich zockele ich die Reihenhäuser entlang und betrachte die sauber gestutzten Hecken und die Gartenzwerge in den Vorgärten. Dann fahr ich über den kleinen Schotterweg bis zu dem schmalen Waldpfad, der sich hinter den Häusern am Bahndamm entlangzieht. Die warme Luft riecht nach Fichtennadeln und frisch gemähtem Gras. Lichtflecken fallen durch die Laubbäume auf der anderen Seite des Weges und sprenkeln den Pfad mit hellen Tupfern.
Bis letztes Jahr hat Amal hier noch gewohnt, in einer der oberen Wohnungen im zweiten Block. Ich war fast jeden Tag da. Wir haben Fußball gespielt und sogar ein paarmal gegrillt. Das war echt klasse.

Schade, dass er weggezogen ist. Aber Bea musste ja unbedingt in dieses kleine Haus dahinten am Leichtathletikstadion. Ich mein, schön ist es da ja, keine Frage. Aber trotzdem.

Ich düse hinter dem zweiten Block den kleinen Abhang hoch und nehm Anlauf. Als ich mit einem lockeren Sprung über die Kante auf den Rasen setze, trau ich meinen Augen kaum. Mitten auf dem Rasen, wo Amal und ich sonst immer Fußball gespielt haben, steht jetzt ein Schild: *Fußball spielen verboten.* Der Hausmeister, ein stiernackiger Mann mit kariertem Hemd und ewig rotem Gesicht, rollt gerade das Kabel des elektrischen Rasenmähers auf. Als er den Kopf hebt, entdeckt er mich, und sein Gesicht wird sofort noch eine Spur röter.

»Runter vom Rasen mit deinem Fahrrad!«, schreit er mich an.

Ich halte an und stemme die Hacken in den Boden. »Wieso denn?«

»Hau ab! Du hast hier nichts zu suchen!«, brüllt er und hebt drohend das zusammengerollte Kabel.

Vor lauter Wut wird mir ganz heiß. Ich hab doch echt nichts getan, was macht der mich so an?

»Ej, was soll denn das?«, schrei ich zurück.

»Hau bloß ab, du!« Sein Gesicht ist knallrot, 'ne richtige Fratze.

Ich hol tief Luft und dann spuck ich einen dicken Rotzflatschen voll auf den Rasen. Der Hausmeister macht einen Satz auf mich zu, und ich seh, dass ich wegkomm. So schnell ich kann, steig ich in die Pedale. Meine Räder ziehen tiefe Furchen durch den frisch gemähten Rasen, als ich davonrase. Arschgeige, denk ich. Früher hat er mich nie weggejagt. Konnte er ja wohl auch nicht, wo doch Amal hier gewohnt hat. Mist, dass er weggezogen ist. Verdammter Mist.

Ich hör die Stimmen schon, bevor ich um die Ecke gebogen bin. Als ich den Akzent erkenn, bleibe ich stehen und lausche.
»Sichere Sache«, sagt einer, der das »r« mächtig rollt. »Kannst du sehen, kannst du selber sehen. Immer Donnerstag kommen die Elektrosachen.«
»Ja, und, Kollege? Bin ich denn blöd oder was? Weißt wohl nicht, mit wem du redest. Die kommen doch sofort auf uns.« Das ist Werner, stinkig wie immer, womöglich noch stinkiger. Ich hör, wie er die Nase hochzieht und auf den Boden rotzt. Macht er immer, wenn er keinen Bock mehr zu reden hat.
»Kein Problem«, sagt eine andere Stimme, auch mit rollendem »r«. Die Stimme kenn ich. Das ist Waldemar. Der arbeitet mit Jochen zusammen. »Wir holen gleich ab.«
»Scheiß auf dein ›kein Problem‹«, sagt Werner und spuckt noch mal auf den Boden. »Nicht mit mir.«
»Denk drüber nach.«
»Wenn du mir 'nen Schein rüberschiebst«, sagt Werner. »Meinst du, ich denk umsonst nach?«
Die beiden andern lachen, und nach einem Moment lacht auch Werner. Ich nutz die Gelegenheit und schieb mein Fahrrad um die Ecke.
Werner sitzt auf der Hintertreppe und raucht. Die anderen stehen vor ihm. Waldemar hat ein Bein auf die Treppe gestützt und sein Kumpel steht breitbeinig da.

»Hi, Fans«, sag ich und lass mein Fahrrad gegen die Wand fallen. Aber als ich Werners grimmigen Blick seh, nehm ich es da gleich wieder weg und lehn es an den nächstbesten Baum.
Waldemar und sein Kumpel sind schon auf dem Weg zur Gartenpforte, als ich mich wieder umdreh.
»Denk drüber nach«, sagt Waldemar noch einmal zu Werner und legt den ausgestreckten Zeigefinger seitlich an die Stirn. »Tschüs dann.«
Werner zeigt ihm den Mittelfinger, aber das sieht Waldemar nicht mehr.
»Arschlöcher«, murmelt Werner, und als ich mich an ihm vorbeidrück, linst er zu mir hoch. »Du auch, Mini. Du bist auch eins.«
Pa sitzt in Hemdsärmeln auf dem Sofa und stiert in die Glotze, mit Günni daneben. Jochen hängt am Küchentisch rum, neben Ma, die eifrig am Stricken ist. Ich hab schon wieder Hunger. Das Brotfach ist leer, aber Ma nickt zum Herd rüber. »Sind noch Kartoffeln da, Manfred. Und im Kühlschrank ist Quark.«
Mit meinem Teller voll Kartoffeln und dem Rest Quark setz ich mich an den Tisch und fang an zu essen. Ich hätte Bock auf ein Spiegelei, aber Eier sind auch keine da. Monatsende steht an, das merkt man bei uns immer am Kühlschrank. Ab Mitte des Monats ist da Ebbe drin, bis die Sozi wieder fällig ist. Bis auf Jochen kriegen wir alle Sozi. Die ganze Familie. Jeder von uns.
Aus der Glotze kommt Grölen und Lachen. Günni auf dem Sofa lacht mit, aber Pa verzieht keine Miene. Ich werf einen Blick zu Ma rüber. Sie guckt abwechselnd in die Glotze und auf ihr Strickzeug, rotes Strickzeug aus

dicker Wolle, die kratzig aussieht. Wird bestimmt ein Pullover. Hoffentlich ist der nicht für mich.
»Ma«, sag ich und stech mit der Gabel in eine Kartoffel. »Ich krieg in der Schule jetzt Schwimmen. Ich brauch eine Badehose.«
Ma zählt ihre Maschen. »Die alte von Günni liegt noch im Schrank.«
»Die will ich nicht«, sag ich. Die ist wirklich scheußlich, türkis oder so und auch noch mit Seepferdchen drauf.
»Die ist aber noch gut«, sagt Ma energisch und guckt wieder zur Glotze, wo irgendeine Blondine ein Schild hochhebt. Ende mit Reden. Mürrisch schieb ich eine Kartoffel quer durch den Quark.
Jochen hängt halb überm Tisch und guckt zu mir rüber. »Habt ihr nicht Empfehlungen gekriegt?«, fragt er mich plötzlich.
»Nee, nächstes Halbjahr. Heute hatten wir Kurseinteilungen.« Die Kartoffeln schmecken fad, aber ich ess sie trotzdem alle auf.
»Und?« Jochen mustert mich scharf. Die anderen gucken in die Glotze, wo sich gerade ein Fragenkarussell zu drehen begonnen hat.
»Boah!«, sagt Günni und vergisst, den Mund zuzuklappen.
»Und?«, fragt Jochen noch mal.
»Mathe C und Englisch A«, sag ich schnell.
»Nicht übel, Kleiner. Peilste die Realschule an, ja?«
Ich zuck mit den Schultern und schieb mir die nächste Kartoffel in den Mund, eine mit dunklen Flecken, das kann ich nicht ab. Jetzt ist Ma hellhörig geworden.

»Realschule?«, fragt sie und guckt von ihrem Strickzeug auf. »Wer? Du, Manfred?«
Ich zuck wieder mit den Schultern. Schule ist irgendwie kein gutes Thema bei uns, und Realschule schon gar nicht. Jochen war drauf, und Werner war auch drauf, aber er hat's nicht gepackt und musste dann runter. Günni hat gerade mal die Sonderschule geschafft. Aber zum Glück ist Dieter nicht da. Der würde jetzt sofort rumpöbeln: dass ich wohl was Besseres sein will und so.
»Echt, Manfred? Realschule, ja?«, fragt Ma mich noch mal. Sie hat richtig glänzende Augen gekriegt.
»Ist noch nicht klar«, sag ich, aber Ma hört nicht zu.
»Manfred kommt auf die Realschule, Willi, hast du gehört?«
Pa dreht ganz langsam den Kopf und guckt zu mir rüber. Sein Blick ist irgendwie trüb, so als wüsste er gar nicht, wer ich eigentlich bin. Eine ganze Weile guckt er mich an, dann räuspert er sich.
»Realschule, ja?«, sagt er müde. »Mir soll es recht sein. Aber eins sag ich euch: Früher war alles übersichtlicher. Die Schulen und so. Und überhaupt. Aber mir soll's recht sein.« Er dreht wieder den Kopf und starrt in die Glotze.
»Da kriegst du sicher 'ne gute Stelle später«, sagt Ma, dreht ihr Strickzeug um und fängt eine neue Reihe an. Ihre dicken Finger bewegen sich flink. »Ganz sicher.«
»Jaja«, brummt Jochen und richtet sich auf. »Klar doch. Und 'nen neuen Namen und 'ne Tasche voll Geld. Sicher doch. Träum weiter, Ma.« Er steht so hastig auf, dass sein Stuhl fast umkippt, und verschwindet nach draußen.
Ma lässt sich nicht stören. Mit gespitzten Lippen zählt sie

eine Maschenreihe ab, dann sieht sie zu mir rüber. Ich bin gerade fertig mit meinen Kartoffeln.
»Da kriegst du sicher 'ne gute Stelle danach«, sagt sie noch mal. Dann verengen sich ihre Augen. »Was hast du denn da für eine Mütze auf? Das ist doch Polyester, das seh ich doch gleich!«
Typisch für Ma. Die Mütze hab ich schließlich seit gestern Abend auf dem Kopf und nicht erst seit gerade. Aber egal. Ich nehm meinen Teller und steh auf.
»Hier geblieben!«, sagt Ma. »Was ist das für eine Mütze? Wo hast du die her?«
»Gefunden«, sag ich, aber Ma lässt nicht locker. »Das ist Polyester, das seh ich doch gleich. Das wärmt nicht, Manfred! Genauso wie Pullis aus Polyester. Die wärmen auch nicht. Da stinkt man nur mit. Deshalb strick ich doch auch!« Ma hebt ihr Strickzeug. Als wenn ich das noch nicht wüsste!
»Schon gut, Ma«, sag ich und stell den Teller in die Spüle.
»Sag nur einen Ton und ich strick dir 'ne Mütze!«, ruft Ma.
»Soll das 'ne Drohung sein?« Ich lache, aber der Witz kommt nicht gut. Ma sieht gekränkt aus. »Ich geh noch mal raus«, sag ich schnell. Als ich an der Tür bin, legt Pa den Kopf schief und lauscht zum Fenster hinaus.
»Ist da wieder das Kühlaggregat an? Denen zeig ich's noch mal. Die verklag ich!« Schlaff haut er die Faust auf den Tisch und lässt sie dort liegen.
Neben ihm stiert Günni weiter in die Glotze. Sein Mund steht immer noch offen.

Werner ist weg, aber mein Fahrrad lehnt noch am Baum. Langsam schlendere ich durch den Hof und zur Gartenpforte raus. Jochen sitzt auf dem Brückenpfeiler und raucht. Ich geh zu ihm rüber und hock mich daneben. Schweigend sehen wir ins träge dahinfließende Wasser der Radde.
»Na, du«, sagt Jochen und nimmt einen tiefen Zug aus seiner Zigarette. »Vielleicht hat Ma ja Recht. Vielleicht kriegst du ja wirklich 'ne geile Stelle. Nicht, dass ich's dir nicht wünsche.« Er lacht bitter auf.
»Ist doch scheißegal.« Ich weiß genau, was er denkt. Für Jochen hat die Realschule nicht viel gebracht. Hat ewig 'ne Lehrstelle gesucht, als Mechaniker oder auch Autoschlosser. War aber nichts. Am Ende haben sie ihn in so ein Programm für arbeitslose Jugendliche gesteckt, Hallenbau, oben am Stadion. Ist echt was für Penner. 'ne Mehrzweckhalle soll da mal hin, aber wie's aussieht, wird die in hundert Jahren nicht fertig. Die meisten stehen da nur rum und rauchen. Lernen kann er da nichts, sagt Jochen. Höchstens Russisch, von Waldemar und den andern Spätaussiedlern. Gibt viele von denen hier in der Gegend.
»Guck mal, wer da kommt«, sagt Jochen und deutet nach rechts. »Frau Hochwohlgeboren persönlich.«
Ich kneif die Augen zusammen. Unsere Nachbarin kommt auf uns zu, Frau Nyhuis, die vom Autohändler gleich nebenan. Hoch aufgerichtet stelzt sie vorbei, in der Hand eine Tasche.
»Tagchen aber auch!« Jochen bleckt die Zähne, aber Frau Nyhuis guckt uns nicht an. Ihr spitzmäusiges Gesicht sieht so angeekelt aus, als hätte sie gerade in 'ne faule Banane gebissen.

»Schöne Grüße an den Gatten! Unsere Hütte steht leider noch!«, schreit Jochen ihr hinterher und spuckt in die Radde. Ich muss kichern.
»Na, ist doch wahr!« Jochen spuckt noch mal ins Wasser. Dann grinst er mich kurz an, bevor sich seine Miene wieder verfinstert.
Nyhuis, der Alte, ist echt ein Ekelpaket. Die ganze Familie eigentlich, samt ihren zwei erwachsenen Söhnen. Die haben sich so ein schickes Häuschen neben ihr Autogeschäft gesetzt, jetzt wollen sie wahrscheinlich unsere schäbige Hütte außer Sicht haben. »Abreißen«, sagt der Nyhuis manchmal, wenn er bei uns am Zaun vorbeigeht. »Abreißen und die ganze Horde ins Lager.«
Aus dem Stadion hinter uns kommt Jubelgeschrei, und Jochens Miene verfinstert sich weiter. Heftig zieht er an seiner Zigarette und wirft sie ins Wasser, das sie müde davonschwemmt.
»Scheißstadion«, sagt er. »*Das* sollen sie mal abreißen, das blöde Teil. Bringt es doch gar nicht.«
Ich werd mich hüten zu sagen, dass ich das Stadion mag. Aufs Stadion hat Jochen nun mal 'nen Brass, und was für einen! Bis letztes Jahr war das noch anders. Denn eigentlich ist Jochen der Sportler in unserer Familie. War ständig am Trainieren. »Alles andere kostet. Laufen ist gratis.« Tausendmal hab ich das von ihm gehört. Er war sogar mal im Verein, wie das noch kostenlos war, in der Schulzeit. Da gab's irgend so ein Förderprogramm. Haben drüben im Stadion trainiert. Aber dann, wie Jochen von der Realschule ab ist, war damit Sense. 'ne Weile war er noch mit dabei, aber dann … Die andern alle mit teuren Klamotten und geilen Nikes,

aber er! In den Bundeswehr-Trainingshosen von Werner. Nee, danke.
Kann ich verstehen. Für einen Augenblick denk ich an die Badehose, die ich nicht hab, aber dann schieb ich den Gedanken beiseite.
Aus dem Stadion kommt schon wieder Geschrei und dann ein Gegröle aus vielen Kehlen. Das Kühlaggregat drüben am Supermarkt brummt, und am Parkplatz wirft eine Frau Einmachgläser in die Flaschencontainer und schielt zu uns rüber. Von irgendwo hör ich ein Hupen, zwei Laster in Folge rauschen vorbei, und am Bahndamm rattert ein Zug um die Kurve.
»Oh Mann«, sagt Jochen genervt und zieht seine Zigaretten aus der Tasche. »Ist das zum Kotzen. Ständig wird man beobachtet, andauernd ist Krach, und dunkel wird's auch nie. Könnt man glatt in der Großstadt wohnen. Irgendwann hau ich ab.«
Er hat ja Recht. Still ist es hier nie. Und dunkel auch nicht. Am Stadion sind immer die Lichter an und bei Nyhuis genauso, die ganze Nacht durch. Und bei der Tankstelle ein Stück weiter auch.
Jochen steckt sich eine an, zieht wütend den Rauch ein und starrt ins Wasser. Ich will irgendwas reden, ihn ablenken, aber ich weiß nicht recht, wie. Dann fällt mir was ein.
»Waldemar war vorhin da. Hast du gesehen?«
Jochen wirft mir 'nen vielsagenden Blick zu, den ich aber nicht kapier, und schweigt.
Drüben vom Supermarkt ist lautes Motorengedröhn zu hören. Ein großer Sattelschlepper biegt auf den Parkplatz ein und fährt hinter dem Gebäude vorbei zum Hin-

tereingang. Der neonfarbene Schriftzug einer japanischen Elektrofirma zieht gespenstisch in der Dunkelheit an uns vorbei. Kurz darauf verstummt das Motorengedröhn.
»Mann«, sagt Jochen, zieht ein letztes Mal an seiner Zigarette und wirft sie dann halb aufgeraucht in die Radde. »Was da für 'n Zeug reingetragen wird, Nacht für Nacht, unglaublich. Der hat bestimmt CD-Player und so geladen. Und Anlagen auch.« Er seufzt und stützt das Kinn in die Hände.
Tja, Musik ist nicht bei uns. Anlage sowieso nicht, höchstens ein Walkman wär drin. Wegen Pa. Der kriegt davon Kopfweh. Aber vom Fernseher anscheinend nicht.
Der Sattelschlepper ist hinter der Ecke verschwunden, da, wo die Ladebox steht. Das ist so ein Gitterkäfig beim Hintereingang. Dort tragen die Fahrer das Zeug rein und schließen es ein, und morgens wird es dann in den Markt reingeholt.
»Was man da für Geld machen könnte, wenn man das verscherbeln würde«, sagt Jochen und lacht einmal kurz auf. »Die Russen, die wüssten das. Wie man das macht.« Nachdenklich guckt er auf seine Zigarette, dann nimmt er noch einen Zug. »Mann, in der Großstadt, na klar, leichte Sache. Aber hier, in diesem Kaff? Da kommen sie eh gleich auf uns.« Er lacht noch mal, dann guckt er wieder nach drüben, zum Supermarkt rüber.
Ich weiß, was er meint. Werner war schon zweimal kurz im Knast. Einmal hat er aus Jux einen Trecker gestohlen, und das andere Mal wegen Urkundenfälschung. Und Dieter haben sie schon zweimal beim Klauen erwischt. Seitdem haben sie uns auf dem Kieker. Als vor

ein paar Wochen im Schießstand hinterm Markt ein Einbruch war, kamen sie auch gleich zu uns rüber. Dabei war'n wir das gar nicht.
Jochen schweigt vor sich hin, und ich lausche dem Klappern und Rasseln, das vom Supermarkt zu uns rüberschallt. Als ich tief Luft hole, riecht es leicht faulig. Die Kläranlage mal wieder. In hohem Bogen spuck ich ins Wasser.
»Komm, Kleiner«, sagt Jochen, langt zu mir rüber und zieht mir die Mütze mit einem Ruck über die Augen. »Licht aus und schlafen.«

Beim ersten Mal Englisch-A-Kurs komm ich zu spät. Nur noch ein Platz in der ersten Reihe ist frei, neben Lucky, der in die 6b geht und andauernd grinst. In jedem anderen Fach fänd ich das Scheiße, ganz vorn vor der Nase des Lehrers sitzen zu müssen, aber hier macht's mir nichts aus. Kiepe, der Lehrer, ist neu an der Schule und ziemlich gut drauf.
»Good morning!« Er zieht eine Grimasse und guckt uns der Reihe nach nachdenklich an. Dann tritt er zurück.
»Okay! Stand up and fight for your rights!«, ruft er und schwenkt auffordernd die Hände nach oben, und irgendwie find ich das witzig. Ich schieb meinen Stuhl nach hinten und spring auf, aber als ich mich umguck, seh ich nur ungläubige Gesichter. Bis auf eins. Gesine ist auch aufgestanden. Sie guckt kurz zu mir rüber, und ich seh schnell weg. Einen Augenblick später erheben sich die anderen ebenfalls zögernd von ihren Plätzen. Nur Finn bleibt missmutig hocken.

»Was soll 'n das werden?«, brummt er genervt vor sich hin.
»Come on, boy!« Kiepe klatscht in die Hände, und Finn bequemt sich langsam von seinem Stuhl, nicht ohne verächtlich die Augen zur Decke zu verdrehen.
»Let's have fun!«, ruft Kiepe. »Macht euch miteinander bekannt, auf Englisch natürlich! Und nicht nur die Namen sagen, sondern auch, wo ihr wohnt, was eure Eltern machen und was so eure Hobbys sind, klar?«
»My name is Manfred, and I live in the Lathener Straße«, sage ich zu Lucky.
Lucky grinst. »My name is Lucky, and my father is police officer!«
Der Geräuschpegel in der Klasse steigt augenblicklich an. Alle suchen nach Worten, es wird ziemlich viel gelacht, und zwischen meinen heftig gestikulierenden Klassenkameraden schlendert Kiepe herum und bleibt ab und zu stehen, um jemanden zu berichtigen oder eine Frage zu stellen.
»And what ist your real name?«, frage ich Lucky.
»Hä?« Er guckt mich blöd an, aber dann kapiert er. »Oh! Felix. My real name is Felix. That … das heißt der Glückliche. Und äh, glücklich heißt lucky, und deswegen …«
»… is your name Lucky.«
»Bingo«, sagt Lucky und grinst. Ich hab vorher noch nie mit ihm geredet, aber jetzt, so aus der Nähe betrachtet, find ich ihn ganz in Ordnung. Auch wenn sein Vater Bulle ist.
»Na, das klappt ja prima«, sagt Kiepe, der auf einmal neben uns steht. »Deine Aussprache ist auch ganz in Ordnung, Manfred. Weiter so!« Er nickt mir anerkennend

zu und dreht sich dann zur Klasse um. »Und jetzt rumgehen und mit den anderen reden!«
»Bye-bye«, sagt Lucky und ist weg. Ich merk, dass ich tatsächlich ein bisschen rot geworden bin, und das ist umso peinlicher, weil jetzt Gesine auf mich zukommt.
»Hi!«, sagt sie. »My name is Gesine. I live in the Kruppstraße.«
»Ehrlich?«, frag ich verdutzt. »Ich dachte, du wohnst in der Neustadt?« Und dann mach ich den Mund wieder zu. Gesine legt den Kopf in den Nacken und lacht. Sie hat ein hübsches Lachen, finde ich. Es klingt weder albern noch affig, so wie das Lachen von vielen anderen Mädchen. Gesines Lachen klingt einfach nur fröhlich.
»I ... live in the Kruppstraße seit, äh ...« Sie legt die Stirn in Falten und überlegt.
»Since?«, schlag ich vor und sie nickt zufrieden. »Genau! Also, I live in the Kruppstraße since two weeks. Wir sind umgezogen«, fügt sie erklärend hinzu.
»Ach«, sag ich und merk selbst, dass das nicht gerade schlau klingt. »Da sind wir ja fast Nachbarn.«
»Yes? Where do you live?«, fragt Gesine.
»I live in the Lathener Straße ...«
»In a Bruchbude«, sagt jemand hinter mir. Finn natürlich. Ich merk, wie mir die Hitze erneut ins Gesicht steigt.
»Aber was Bruchbude heißt, weiß unser Englisch-Crack natürlich nicht. Oder?«, stichelt Finn und grinst mich fies an.
»Verpiss dich«, blaffe ich ihn an. Kann der mich eigentlich nie in Ruhe lassen?
»Erst wenn du sagst, was Bruchbude heißt!«

»Hör doch auf, Finn«, sagt Gesine und schüttelt missbilligend den Kopf.
»Oh Mannomann, big love, was? My life mit Manne Mannomann in a Bruchbude!« Finn krümmt sich fast vor Lachen und ich kann Gesine nicht mehr ansehen. Ich kann auch fast nicht mehr atmen, vor Scham und vor Wut.
»Penner!«, zischt Finn mir ins Ohr und schiebt grinsend ab. Ich versuch noch, ihm in die Hacke zu treten, aber ich erwisch ihn nicht mehr.
»Dumme Sau!«, schrei ich ihm nach, aber Finn tut so, als hätt er nichts gehört.
Gesine schüttelt immer noch den Kopf, als ich sie wieder anseh.
»Ehrlich, manchmal versteh ich euch nicht«, sagt sie und lässt mich stehen.
Ich bücke mich und tu so, als müsste ich meine Schnürsenkel neu binden, und als ich die aufgerissene Naht vorne an meinem Sportschuh seh, hasse ich meine alten Latschen für einen Moment mit voller Wucht. Irgendwie tut das gut, und als ich wieder aufsteh, bin ich wieder cool.
Gesine steht hinten und redet mit Lucky, der schon wieder grinst. Ich weiß nicht so genau, was sie gerade gemeint hat. Aber ein bisschen weiß ich es doch.

Ein paar Tage später muss ich mit Ma in die Stadt, zum Wocheneinkauf, die neue Sozi ist da. Zum Supermarkt nebenan gehen wir nie, der ist zu teuer.
Eine Stunde brauchen wir bis ganz in die Stadt, obwohl es eigentlich gar nicht so weit ist. Aber mit ihren Wasserbeinen kommt Ma nur langsam voran.

Bei Lidl kaufen wir Brot, Käse und Schnaps und den Rest dann bei Aldi. Wir kaufen immer das Gleiche, ganz selten mal was aus dem Sonderangebot. Ich könnt im Schlaf einkaufen gehen, vollautomatisch.
Auf dem Rückweg nehmen wir den Weg durch die Fußgängerzone. Ich hab Werners Bundeswehrrucksack auf dem Rücken, voll gepackt bis oben hin, und Ma zieht ihr Einkaufswägelchen hinter sich her, an dem zwei prall gefüllte Plastiktüten hängen. Die Sonne scheint auf uns runter, aber nicht nur deswegen schwitzen wir beide wie Sau. Ich unter meiner Mütze besonders. Aber Ma ist auch nicht gut dran. Sie hat Schwitzflecken unter den Armen und einen am Rücken, einen ganz großen. Die Blumen von ihrem Kleid sehen an der Stelle ganz dunkel aus, das fällt total auf.
»Puh!«, sagt Ma und bleibt wieder mal stehen. Schnaufend wischt sie sich den Schweiß von der Stirn. »Das ist immer 'ne Plackerei, nicht wahr, Manfred? Aber nützt ja nichts, gemacht werden muss es ja nun mal.«
»Die andern könnten ja auch mal wieder«, sag ich. 'ne Horde älterer Jungs drängelt sich rempelnd an uns vorbei. Wir stehen mitten im Weg, zwischen Sport-Borchers und Käsestand. Der Holländer hinterm Käsestand guckt uns missmutig an, erst Ma und dann mich, so von oben nach unten und wieder zurück. Ich merk, wie mir heiß wird. Manchmal ist mir das wirklich voll peinlich, wenn die Leute so glotzen. Aber dann denk ich mir auch wieder, was soll's? Ist doch eh alles peinlich.
»Die waren ja früher immer, die andern«, sagt Ma. »Wie du noch zu klein warst.«
»Aber trotzdem!«

»Nix trotzdem. Jetzt bist du eben an der Reihe.« Mas Mund ist ganz schief, als sie mich anguckt. Manche Leute sagen, dass ich ihr sehr ähnlich seh, aber ich kann das nicht finden. Wie auch, wo Ma doch so dick ist? Das heißt, so dick ist sie eigentlich gar nicht, vielleicht ein bisschen dicker als andere Mütter. Aber irgendwie sieht sie so aus. Vielleicht liegt das ja auch an ihren Kleidern. Ma trägt immer groß geblümte Kleider, die spackeneng sitzen und Falten schlagen, unter der Brust und an den Achseln.

»Komm, weiter geht's. Zu Hause gibt's Schokolade«, sagt Ma und packt wieder den Handgriff von ihrem Hackenporsche. Dann humpelt sie schwerfällig los. Ich will gerade hinterher, als ich die Badehosen seh, die bei Sport-Borchers im Schaufenster hängen.

»Ma!«, sag ich. »Warte doch mal!«

Ma dreht sich um und schüttelt sofort den Kopf. »Du kriegst die alte von Günni, die ist noch gut«, sagt sie und schüttelt noch mal den Kopf.

»Die will ich nicht«, sag ich. »Ich will nicht die alte von Günni! Die sieht scheiße aus.«

»Manfred!«, ruft Ma entsetzt. »Wie redest du denn?«

Ich geh näher zum Fenster. Und plötzlich seh ich den Ständer mit Mützen im Geschäft, gleich hinterm Eingang. Ein Haufen Adidasmützen liegt drauf, grüne mit schwarzem Logo. Genau solche, wie ich eine aufhab. Ruckartig tret ich zurück.

»Okay, okay!«, sag ich. »Ist ja schon gut.« Ich will nicht, dass Ma die Mützen entdeckt. Auf gar keinen Fall.

Ma nickt erschöpft und geht weiter. Ich latsch hinter ihr her. Nach ein paar Schritten seh ich Bea geradewegs auf uns zukommen. Mich hat sie noch nicht entdeckt, aber sie guckt Ma an. Bei ihrem Blick wird mir noch heißer, als mir sowieso schon ist. Bea guckt Ma an wie ein ekliges Tier, mit runtergezogenen Mundwinkeln. Reflexartig mach ich mich klein hinter Mas Rücken, und dann ist Bea auch schon an uns vorbei. Grüßen tun sie sich nicht. Warum auch? Bea und Ma kennen sich nicht. Jedenfalls nicht, dass ich wüsste.

Mas krummer Rücken schaukelt vor mir her. Ihr Kleid spannt sich über den Hüften und der Schwitzfleck in der Mitte hat sich vergrößert und reicht nun fast bis zum Hintern. Als ich an Ma runterguck, fällt mir zum ersten Mal auf, wie schief getreten ihre Schuhe sind. Die Absätze sind krumm und völlig verformt, der rechte ist fast abgelaufen. Mas geschwollene Knöchel bewegen sich mühsam voran, und der Einkaufswagen stößt ihr bei jedem Schritt fast an die Hacken.

Auf einmal ist mir eng in der Kehle, als hätt ich 'nen Kloß drin. Aber nicht, dass ich heulen müsste. Nee, eher vor Wut. Auf einmal will ich irgendwas haben. Als wir bei McSchuh vorbeiziehen, seh ich die Turnschuhe draußen und bleib einfach stehen. Geile Teile sind das, weiße mit neonfarbenen Zacken drauf, sehen fast aus wie die einen von Nike.

»Ma«, sag ich, »guck mal!«

Ich zeig auf die Schuhe. Ma will schon wieder den Kopf schütteln, aber dann bleibt sie doch stehen und kommt wieder zurück.

»Die sind geil«, sag ich und steck eine Hand in einen der Schuhe und heb ihn hoch. Der Zacken zieht sich über die ganze Seite und leuchtet in schrillem Orange. Bestimmt fluoreszierend. Aus dem Augenwinkel seh ich, wie der Verkäufer aus dem Ladeninnern zum Türrahmen kommt und sich dagegen lehnt.

»Zwanzig Euro! Pah, ne!«, seufzt Ma. Aber ich seh, dass sie nachdenkt. »Deine sind doch noch heil!«

»Aber die gehen bald kaputt! Guck mal, die Naht da!« Ich zeig auf die aufgerissene Naht, und Mas Augen verengen sich.

»Ojoj!«, seufzt sie noch einmal und kneift die Lippen zusammen. »Schon wieder kaputt! Die halten ja nichts, die Schuhe von heute! Ich sag immer, wir kaufen Lederschuhe, so richtig aus Leder! Sag ich doch immer!«

Ich hör gar nicht hin. Den Streit haben wir schon so oft gehabt, aber Ma zieht jedes Mal den Kürzeren. Sie will nämlich, dass wir Halbschuhe anziehen, braune am besten, aus Leder, die halten besser und sehen nicht so ungepflegt aus, sagt sie. Wahrscheinlich hat sie auch Recht. Aber Turnschuhe sind eben cooler.

Mit den Fingerspitzen streiche ich über die Zacken. Ich seh mich schon damit rumlaufen, schnell wie der Wind. Die Sohle ist biegsam und leicht. Klasse zum BMX-Fahren. Ich will die unbedingt haben, diese Schuhe. Ganz unbedingt. Es kommt mir fast so vor, als wollte ich noch nie irgendwas so dringend haben wie diese Schuhe in diesem Moment.

Der Verkäufer beobachtet uns. Ma legt die Stirn in Falten und guckt nachdenklich vor sich hin. Dann hellt sich ihre Miene schlagartig auf.

»Hier!«, sagt sie und nimmt vom nächsten Ständer einen anderen Schuh hoch. Einen Billigturnschuh, genauso einen, wie ich sie anhab. Weiß mit einem Strei-

fen. Ihre dicken Finger tasten prüfend über das Kunstleder, schlüpfen hinein, drehn den Schuh um.
»Die wären doch was!« Ma sieht mich an. »Nur fünfzehn Euro! Ist zwar auch kein echtes Leder, aber die wären doch was!« Ihr müdes Gesicht ist schweißgebadet, und ihre Augen gucken irgendwie bittend. Sie will mir was Gutes tun, ganz bestimmt. Eigentlich könnt ich mich ja freuen. Würd ich sonst auch. Aber heute irgendwie nicht.
»Ne!«, sag ich laut und schmeiß den Zackenschuh wieder zurück auf den Haufen, so heftig, dass er zu Boden kollert. Aber ich heb ihn nicht auf. Der Verkäufer schnalzt mit der Zunge und stößt sich vom Türrahmen ab.
»Nee, die sind voll Scheiße! Voll die Scheiß-Schuhe!« Jetzt schrei ich fast. Ich seh Mas schockiertes Gesicht und den stinkig guckenden Verkäufer dahinter, aber trotzdem tut das jetzt gut, so zu schreien. Und dann, ohne auf Ma zu warten, schiebe ich los, einfach weiter. Bloß weg hier.

Manchmal glaub ich echt, dass für uns nur alles schlecht ist. Wir haben billige Klamotten, die scheiße aussehen und schnell kaputtgehen. Billiges Essen, das fade schmeckt, irgendwie nie richtig lecker. Und billige Geräte haben wir auch, wenn überhaupt. Bei uns geht ständig alles kaputt. Wenn Ma sich 'n Mixer zulegt, ist er garantiert drei Wochen später im Arsch. Und Günni hatte mal 'n Gameboy, irgendwo gefunden. Aber der war kaputt, bevor wir raushatten, wie er funktionierte. Hat einfach den Geist aufgegeben und basta.

Immer geht alles kaputt. Wie wenn ein Fluch drüberliegt.
Einmal hatten wir 'ne kleine Katze, die uns zugelaufen war. Aber die ist nach zwei Wochen gestorben – krepiert, wie Werner gesagt hat. Ich finde aber, dass das gemein klingt. Jedenfalls, da hab ich gedacht, dass bei uns sogar die Tiere von schlechterer Qualität sind als die von anderen Leuten. Aber jetzt haben wir ja keine mehr.
Das Einzige, was bei uns genauso gut ist wie bei anderen, sind vielleicht die Gedanken im Kopf. Aber wer weiß?

TEIL 2

Am Schießstand unten ist wieder mal tote Hose. Amal und ich lungern jetzt schon 'ne ganze Weile hier rum, aber es tut sich nichts. Die Schützen haben wohl immer noch Urlaub.

»Guck mal«, sagt Amal und hebt eine Bierflasche auf. »Kriegt man da Pfand für?«

»Nicht, wenn der Hals abgebrochen ist, du Tröte«, sag ich und spuck an Amals Schulter vorbei auf die Gleise. Getroffen. Meine Spucke macht einen dunklen Fleck auf der in der Sonne glitzernden Schiene.

»Arschgeige!« Amal muss lachen und schmeißt die Flasche in hohem Bogen den Abhang runter, wo sie zwischen einem Stapel zerfledderter Zeitungen liegen bleibt. »Aber Amal!«, flötet er mit übertrieben hoher Stimme. »Heb das sofort wieder auf!«

Sonst muss ich auch immer lachen, wenn er Bea nachmacht, wie sie mit ihm meckert, aber heute ist mir nicht danach. Ich hab immer noch vor Augen, wie sie Ma angesehn hat, neulich in der Stadt. Hab dran gedacht, das

Amal zu erzählen, aber irgendwie wüsst ich nicht, wie. Was soll ich denn sagen? Dass sie doof geguckt hat, irgendwie fies?

»Ej, Manne!« Amal tritt mit dem Fuß gegen einen Baum, dass ein Stück Rinde abfällt. »Wolln wir nicht laufen? Ich muss üben, weißt du. Obwohl, für den Anfang war ich nicht schlecht. Echt geil, immer so in der Runde rum, volles Tempo und so. Tartanbahn ist echt super!«

»Kannst alleine laufen«, sag ich und bück mich nach einer Münze. Als ich sie hochheb, seh ich, dass es gar keine ist, sondern ein Flaschenverschluss. Zwischen Daumen und Zeigefinger schnipp ich ihn ins Gestrüpp.

»Komm schon, Manne. Ich muss doch üben, und als mein Kumpel musst du mir dabei helfen!« Amal winkelt die Arme an und fängt an, betont lässig auf der Stelle zu trippeln. »Ej, komm schon!«

»Komm selber!«, sag ich und steck die Hände in die Taschen meiner Shorts. In der rechten fühl ich ein Loch. Ich steck einen Finger rein und reiß es ganz auf. »Bin ich dein Trainingspartner, oder was?«

»Warum nicht?«, fragt Amal und hört auf zu trippeln. Nachdenklich sieht er mich an. »Warum machst du eigentlich nicht auch mit? So schlecht bist du doch gar nicht.«

»Nee, echt nicht, kein Bock.«

»Komm schon, Manne!«

»Nee, lass mal.« Ich kick einen Stein weg, und Amal hebt die Schultern und lässt sie wieder fallen. Seit er jetzt im Leichtathletik-Verein ist, quatscht er ständig davon. Aber für mich ist das echt nichts. Rennen kann ich nicht ab.

»Denn lass uns wenigstens zur Radde, Wettrennen fahren.« Amal klingt richtig nölig.
»Gemacht!«, sag ich und box ihn in die Seite.
Amal knufft mich grinsend zurück und rennt auch schon los. In großen Sätzen springt er den Abhang runter, bis zu unseren Rädern, die da unten liegen, halb auf dem Asphalt, halb im Gebüsch.
Klingelnd rasen wir quer übern Parkplatz, an der Tanke vorbei und – wusch – über die Straße. Ein silberfarbener Audi muss bremsen, als ich knapp vor ihm vorbeizische, und johlend heb ich den Arsch und wackel damit hin und her. Das macht die immer noch wütender. Amal lacht, voll außer Atem.
»Manne, du Penner!«
»Sag das noch mal und du kriegst eins aufs Maul!« Aber Amal darf das sagen, und das weiß er, sonst würd er's ja nicht machen.
An der kleinen Brücke über den Nebenarm der Radde halten wir kurz an und peilen die Lage. Vorne ist frei, und die Holzbrücke weiter hinten ist leer. Wir gucken uns an.
»Auf geht's!«, brüllt Amal.
»Eins!«
»Zwei!«
»Und drei!«
Und schon rasen wir los, dicht nebeneinander, mit wehenden Haaren. Die Bäume und Büsche fliegen an uns vorbei und die Sonne brennt schräg auf uns runter.
»Yeah! Yippieh!« Hart trete ich in die Pedale. Ich spür jeden Huckel, jedes Steinchen unter meinen Rädern. Amal bleibt zurück, ein Stückchen erst, dann noch wei-

ter. Ich hör sein Keuchen und das Krachen seiner Schaltung, als er zu mir aufzuschließen versucht. Ist sinnlos. Ich bin sowieso schneller.

Dann ist die Brücke vor mir, und mit voller Wucht geh ich in die Bremsen. Mein Hinterrad schleudert zur Seite und ich reiß die Kiste gerade noch so herum. Und dann donner ich auch schon über die Brücke. Das Holpern dröhnt irre laut in meinen Ohren, und ich spür das Vibrieren der Planken durch die dünnen Sohlen meiner Turnschuhe hindurch. Ich leg den Kopf in den Nacken und heul in den Himmel hinein, der blau und klar über mir leuchtet.

Als ich mit einem Satz über die letzte Planke presche und schwungvoll zum Stehen komme, setzt Amal gerade über die Brücke. Schnaufend seh ich zu, wie er über die Holzplanken donnert, ein breites Grinsen im Gesicht. Dann bremst er direkt neben mir. Wir lachen uns an.

»Geil, Alter, wa?«, sagt Amal. »Wolln wir noch mal? Ej, was ist denn das?«

Ich dreh mich um. Zwischen den Hagebuttenbüschen hindurch kommt ein dunkles Etwas auf uns zugerast, ein Hund, ein bisschen größer als eine Katze.

»Donna!«, ruft eine Mädchenstimme. »Komm zurück! Donna! Komm wieder her!«

Der Hund ist jetzt heran und springt an meinem Bein hoch, wie ein Flummi. Er ist noch jung, das seh ich sofort. Sein dunkles Pelzgesicht mit der feuchten Nase ist ganz rund und fröhlich, und seine rosa Zunge leckt durch die Luft.

»Donna!« Die Mädchenstimme kommt näher.

Ich streichele dem Hund über den Kopf. Sein Fell ist flauschig und weich. Er leckt mir quer über die Handfläche.
»Ej, das kitzelt!«
»Mann, ist der süß! Komm mal her, Kleiner!« Amal lässt sein Fahrrad fallen und geht in die Knie. Der Hund wirft sich vor ihm auf den Rücken.
»Guck mal, der Bauch ist ganz rosa!«, ruft Amal und tätschelt den Hundebauch. Ich lass mein Rad ebenfalls hinfallen. Gemeinsam beugen wir uns über den zappelnden Hund, der sich wohlig unter unseren streichelnden Händen windet. Mit seinen hochgezogenen Lefzen sieht er fast aus, als ob er grinst.
»Wusst ich ja gar nicht, dass ihr Hunde so mögt.«
Ich guck hoch. Vor uns steht Gesine. Sie hat eine Hundeleine in der Hand und ist ganz außer Atem.
»Ist das deiner?«, fragt Amal. »Wie alt ist denn der?« Er klopft dem Hund leicht auf den rosa Bauch und lacht, als die flinke Hundezunge sofort wieder über seine Hand fährt.
»Sieben Monate und vier Tage genau. Donna heißt sie.«
Gesine guckt zufrieden zu, wie wir Donna streicheln. Aber mir ist das auf einmal ein bisschen peinlich. Ich bin froh, dass Amal mit dabei ist. Dem ist ja fast nie irgendwas peinlich.
»Was ist denn dadrin?«, fragt Amal und muss lachen, als Donna nach seinen Fingern schnappt.
»Die Mutter ist ein Labrador, aber was der Vater ist, wissen wir nicht«, sagt Gesine. Sie lächelt, als Amal mit seinem wilden Lockenschopf durch das Hundegesicht fährt und dann den Kopf wegzieht. Plötzlich frag ich mich, ob sie Amal wohl auch so süß findet wie Maike und Sarah.

Beinahe automatisch zieh ich mir die Mütze tiefer ins Gesicht und steh auf. Der Hund springt ebenfalls auf.
»Komm, Donna«, sagt Gesine und klinkt die Leine ins Halsband ein. »Wir müssen nach Hause, Abendbrot essen. Du, Manne?« Sie dreht sich zu mir. »Sag mal, du wohnst doch in dem kleinen Haus da neben dem Autohändler Nyhuis, oder? Gegenüber vom Stadion?«
»Klar wohnt er da«, sagt Amal und wischt sich die Hände an den Hosenbeinen ab. »Die ganze Familie Hannemann – Kohle haben sie zwar keine, aber ein Haus. Wieso? Brauchste noch 'ne Bleibe?« Er kichert vergnügt über seinen eigenen Witz, und Gesine sieht ihn kopfschüttelnd an und tippt sich an die Stirn.
»Blödian«, sagt sie. »Und überhaupt, geht dich ja wohl gar nichts an!«
»'tschuldige, 'tschuldige! War nicht so gemeint, gnädige Frau! Verzeiht mir, mit Verlaub! Euer untertänigster Diener bittet um Vergebung!« Amal verbeugt sich theatralisch. Donna springt hechelnd an ihm hoch, und ihre Pfoten verfangen sich in Amals Locken. »Autsch!«, brüllt er. »Bitte! Nehmt Eure Bestie fort!«
Gesine muss lächeln, als sie Donna von ihm wegzieht. »Also echt! Tschüs, ihr. Bis morgen!«
»Tschüs«, murmele ich.
»Bringt Euren Hund mit, oh Herrin!«, ruft Amal ihr hinterher. Dann guckt er mich an. »Ej, was ist denn mit dir los? Was guckst du so bedröppelt?«
»Guck ich gar nicht!« Ich tret spaßeshalber nach ihm, und Amal hüpft geschickt zur Seite.
»Komm, schlag mich!«, ruft er ausgelassen. »Komm schon, Amigo!«

Ich spuck auf den Boden, und dann stürz ich mich brüllend auf ihn. Aus dem Augenwinkel seh ich, wie Gesine sich noch mal zu uns umdreht und wieder den Kopf schüttelt. Die hält uns bestimmt für bescheuert. Na und? Ist mir doch egal!

Zu Hause geh ich als Erstes ins Bad und guck mich im Spiegel an. Viel kann ich da nicht sehen, der Spiegel ist fleckig und hat einen Sprung genau in der Mitte. Aber immerhin zeigt er mir das, was ich sowieso schon kenn. 'n langes Gesicht mit Segelohren und struppigem Haar obendrüber, das unregelmäßig vom Kopf absteht. Schief geschnitten wahrscheinlich, aber das ist mir egal. Ma schneidet immer irgendwie schief.
Meine Nase ist ganz okay, finde ich. Nicht zu groß, aber auch nicht so stupsig. Die Augen sind Durchschnitt, blau halt, stehen vielleicht bisschen eng zusammen, aber kann ich was dafür? Bin keine Schönheit, das ist mir klar. Macht nichts. Gott sei Dank bin ich ja kein Mädchen. Das wär dann schon schlechter.
Ich streck meinem Spiegelbild die Zunge raus, so weit wie ich kann. Dann schlender ich in die Küche. Der Fernseher läuft, Pa hockt in Hemdsärmeln auf dem Sofa, 'n Schnapsglas vor sich und die Pillen und Günni daneben. Ma, Jochen und Dieter stehn um den Küchentisch rum. Komisch, dass keiner von denen sitzt. Irgendwas ist hier im Gange, das merk ich gleich. Ma will mich umarmen, aber ich schlängel mich unter ihrem Arm durch und lehn mich an die Spüle, in der lauter dreckiges Geschirr steht.
»Einfach nicht hingehen, also so was!«, brummt Pa vom

Sofa, ohne die Augen vom Fernseher zu lassen. »Bist du 'ne Memme, oder wie?«
»Mann, war ja nur so ein Gedanke. Ist doch Scheiß mit dem Bund«, sagt Jochen und stupst mit dem Fuß gegen den nächstbesten Stuhl. »Dafür bin ich gut, oder wie? Zur Bundeswehr soll ich, na klar, aber 'ne Lehrstelle ist nicht!«
»Was ist denn los hier?«, frag ich, aber mir antwortet wieder mal keiner. Jetzt seh ich den Brief auf dem Tisch. Ich greif ihn mir. Einberufungsbefehl für Jochen, zum Frühjahr.
»Da biste doch eh arbeitslos, oder nicht? Da ist doch dein Job bei der Halle vorbei«, sag ich zu Jochen, aber der guckt mich nicht an. Er stiert finster vor sich hin.
»Kommt doch nicht schlecht, Bundeswehr«, sagt Dieter, der locker am Kühlschrank lehnt, wieder in seinem gelben Nike-Hemd. Das muss echt schon stinken. Andauernd hat er das an. Er zieht sich die Baumarkt-Kappe tief in die Stirn. »Ich find das gut, zur Bundeswehr! Geh ich gleich hin, wie ich achtzehn bin. Mach ich auf Zeitsoldat! Geile Sache!« Er stößt sich vom Kühlschrank ab, tut so, als hätte er ein Gewehr im Arm, und zielt damit auf Günni, während er ins Wohnzimmer rübertänzelt. Günni krümmt sich zusammen und kichert laut.
»Geile Sache, ja, Dieter!«, ruft er. »Geile Sache, ja, Dieter?«
Werner war beim Bund, aber Günni natürlich nicht. Weil er 'n bisschen pillepalle ist eben. Merkt man oft gar nicht so, aber er ist es, ganz klar. Ich glaub, man merkt es nicht so, weil Günni meistens nichts sagt. Ist ja auch besser.

»Werd ich Zeitsoldat, zwei Jahre mindestens. Oder fünf«, sagt Dieter, lässt sich neben Günni aufs Sofa plumpsen und streckt behaglich die Beine aus. »Ej, rutsch mal, du Tröte!« Er boxt Günni in die Seite, und Günni rutscht sofort ein Stück. Er kichert immer noch vor sich hin.

Ich seh, wie Pa nachdenklich zu Jochen rüberguckt und dann zu Dieter. Heute sieht er irgendwie gar nicht so müde und weggetreten aus wie sonst. Obwohl er Schnaps vor sich stehen hat.

»Find ich gut, wennste zum Bund gehst, mein Junge«, sagt Pa zu Dieter. Das ist das einzige Lob, was ich seit ewigen Zeiten aus seinem Mund gehört hab. Und die anderen auch. Dieter grinst breit.

»Die nehmen dich eh nicht«, sagt Jochen. Dieter guckt hoch, sofort auf hundertachtzig. Die beiden glotzen sich grimmig an.

»Und ob die mich nehmen!«

»Frag Werner«, sagt Jochen und zuckt mit den Achseln. Dann guckt er aus dem Fenster, betont gelangweilt.

Werner ist natürlich mal wieder nicht da. Eigentlich seh ich ihn meistens fast nur draußen, auf der Treppe, am Rauchen, oder manchmal auch in der Waschküche, wo er sich seine Pritsche hingestellt hat. Aber oft ist er da auch nicht. Wenn er Geld hätte, wär er längst ausgezogen, das ist mal klar. Aber von Sozi 'ne Wohnung alleine? Oder ein Zimmer? Ist nicht drin. Deshalb war er ja auch so gerne beim Bund, sagt Werner immer. Endlich mal raus hier.

Dieter mustert Jochen noch eine Weile, dann zuckt auch er mit den Achseln und guckt wieder zur Glotze.

»Die nehmen mich wohl«, sagt er laut. »Jawohl nehmen die mich!«
»Nee, nee! Bundeswehr. So was!« Ma stemmt die Hände in die Hüften. »Also ich weiß nicht.« Kopfschüttelnd dreht sie sich um und macht sich an den Abwasch.
»Mensch, ist doch kein Krieg, Ma, ist doch nur Bund. Ganz normal«, sagt Jochen und schaut zu Pa. Aber der hört nicht zu. Der guckt in die Glotze.
»Reiß ich die paar Monate ab und denn ist gut. Klar geh ich hin. War ja nur so 'ne Idee.« Jochens Blick fliegt kurz zu mir rüber, dann geht er raus, die Hände tief in den Taschen, den Rücken ganz gerade. Ein Rücken zum Nichthinterhergehen.
Ma seufzt an der Spüle. Aus dem Fernseher kommt leises Gelächter.
»Mach mal einer den Fernseher lauter«, sagt Pa. »Ist schon Zeit für die Pillen?«

Zwei Tage später ist Schwimmen angesagt, Nachmittagsunterricht, im wiedereröffneten Freibad. Den Abend davor drück ich mich am Schrank rum, wir haben nur den einen, im Flur. Schließlich mach ich ihn auf und guck nach. Ganz hinten finde ich sie, Günnis alte Badehose. Sie ist genauso scheußlich, wie ich sie in Erinnerung hab: fies türkis mit kleinen ockerfarbenen Seepferdchen drauf, also voll die Babyhose, pfui Deibel. Kann ich genauso gut einen Unterrock anziehen, kommt auch nicht viel besser. Ich stopf sie wieder zurück und knall den Schrank zu.
Spalthoff pickt mich gleich raus. »Manfred!«, ruft er, als wir uns vorm Einer in Reihe aufstellen. »Komm mal bitte hier rüber!«

Ich schlender ganz langsam zu ihm hin. Die andern kichern in meinem Rücken, aber das machen sie immer, wenn einer nach vorn muss. Mach ich sonst ja auch. Trotzdem, heute find ich das scheiße. Wahrscheinlich, weil ich schon weiß, was jetzt kommt. Und so kommt's auch.

»Manfred!«, sagt Spalthoff und guckt mich von oben bis unten abschätzig an. »Hab ich nicht gestern noch mal extra gesagt, heute ist Schwimmen?«

»Ja und?«

Spalthoffs Augen werden ganz schmal. »Und wieso hast du dann keine Badehose mit und kreuzt hier in Shorts auf?«

»Hab ich zu Hause vergessen.«

»Manne hat keine, der schwimmt immer nackt!« Das ist Finn, und er hat die Lacher auf seiner Seite. Werd ich mir merken. Aber der Arsch hört nicht mal auf. »Und überhaupt, ist doch ein todschickes Modell, was er da anhat! Voll letztes Jahrhundert!« Ein Mädchenlachen kommt von hinten und gellt mir in den Ohren. Bestimmt Sarah, die lacht immer so schrill.

Spalthoff tut so, als hätt er nichts gehört. »Vergessen!«, höhnt er. »Wenn du nächstes Mal wieder keine Badehose dabeihast, bleibst du draußen und kriegst eine Sechs, ist das klar?«

Ich zuck mit den Achseln. »Jaja«, murmel ich leise.

»Wie bitte?«, schreit Spalthoff mich an.

»Ja!«, schrei ich zurück. Einen Moment glaub ich fast, dass er mich schlagen will, obwohl er noch nicht mal die Hand hebt. Aber er tut's nicht. Stattdessen winkt er mir, dass ich zurückgehen soll. Ich glaub, er ist so wütend,

dass er keinen Ton mehr rausbringt. Jedenfalls nicht zu mir. Ich glaub echt, der hasst mich.
»Na, hat er dir was geflüstert?« Amal grinst, als ich zurückkomm. »Du siehst aber auch sooo schnuckelig aus!« Er knufft mich in die Seite, und ich knuff ihn zurück, sodass er gegen Natalie prallt, die hinter ihm steht.
»Au!«, kreischt sie, aber voll übertrieben, und Spalthoff schreit von vorne:
»Manfred! Ich warne dich, ehrlich!«
Ich mach einen Kratzfuß und verbeuge mich bis zum Boden. Amal kichert und Natalie auch und die Mädchen, die hinter ihr stehen. Gesine ist auch dabei, und sie lächelt mich an. Für einen Moment fühl ich mich wie King-Kong. King-Kong in zerrissenen Shorts.
Nach dem Einerspringen, wobei ich 'ne einigermaßen gute Figur mach, müssen wir zehn Minuten brustschwimmen, immer zu zweit nebeneinander, und dann ist Tauchen dran. Spalthoff schmeißt schwere Plastikringe ins Wasser, die müssen wir rausholen. Ich mach das nicht gern, aber die meisten Jungs sind ganz heiß drauf.
»Erster!«, schreit Finn und drängelt sich nach vorn, zwischen den Mädchen durch, die laut protestieren. Aber sie lassen ihn trotzdem. Basti und Timo ziehen gleich hinterher.
»Nun, Finn, dann zeig uns doch mal, was du kannst!«, sagt Spalthoff lächelnd, und Finn wirft sich in die Brust. Gewichtig tritt er an den Beckenrand und zieht seine Badehose ein Stückchen höher.
»Uääh, ich glaub, ich muss kotzen!« Ich mach ein Würgegeräusch, und die Mädchen vor mir springen er-

schrocken zur Seite. Spalthoff dreht sich um, zu spät. Er weiß nicht, wer's war. Aber Finn. Böse guckt er zu mir rüber.
Ich verzieh mich nach hinten. Den Affen guck ich mir nicht an. Amal kommt mit. Wir schleichen uns hinter einem großen Hagebuttenbusch rüber zur Sprunganlage und gucken uns um. Tauchen dauert immer 'ne Weile. Wir haben bestimmt zehn Minuten.
»Wolln wir zur Schaukel da drüben?«, fragt Amal. Ich schüttel den Kopf.
»Quatsch. Da sieht uns der Alte doch gleich. Oder kannste fliegen auf einmal?« Zwischen hier und dem Kinderspielplatz liegt nichts als eine Wiese, da hat Spalthoff ganz freie Sicht.
»Hast ja Recht, Amigo«, sagt Amal, aber er ist nicht mehr ganz bei der Sache. Seine Augen glitzern in der Sonne, als er mich anguckt. »Komm, wir klettern da rauf und gucken uns das mal von oben an!« Er deutet mit dem Kinn zur Sprunganlage hoch. Über dem Einer ragt der Dreier in den leuchtend blauen Himmel, und darüber bedrohlich der Fünfer. Mein Hals wird ganz eng.
»Meinste?«, frag ich schwach und dann fass ich mich wieder. »Okay, ich komm nach. Ich muss erst mal pissen.«
Vorsichtig schleich ich mich weg. Vom Schwimmbecken kommt Johlen und Klatschen, und als ich 'nen Blick rüberwerf, zieht sich Finn gerade aus dem Becken, ein breites Angebergrinsen im Gesicht. Spalthoff nimmt ihm den Ring ab und schmeißt ihn gleich wieder rein.
»Sehr gut, Finn!«, ruft er laut. »Und jetzt Sebastian, bitte!«

»Die säuft eh ab, die Niete!«, schrei ich rüber, so laut, wie ich kann, und dann bin ich schon hinterm Busch verschwunden und weg.
Die Klos riechen nach Chlor und Pisse und Schweiß, aber trotzdem irgendwie gut, nach Ferien und Sommer. Ich beeil mich nicht gerade, und auf dem Rückweg trödel ich noch mehr vor mich hin. Schadet nichts, wenn Amal ein bisschen alleine die Stellung hält. Wenn ich Glück hab, sind wir dann nämlich schon dran mit Tauchen. Hätt ich jetzt gar nichts gegen.
Im Bad sind außer unserer Klasse kaum Leute, nur ein paar Mütter mit Babys und ganz kleinen Kindern. Klar, die Ferien sind ja vorbei. Ich mach einen Abstecher zum Planschbecken, nur mal so gucken, dann geh ich allmählich zurück. Vom Becken kommt immer noch Grölen, aber der Hagebuttenbusch versperrt mir die Sicht auf die Klasse. Und auf Spalthoff auch, Gott sei Dank.
Ich leg den Kopf in den Nacken und guck zum Fünfer hoch. Von Amal keine Spur. Wahrscheinlich liegt er da oben schon platt auf dem Bauch und hat mich voll im Blick. Dann muss ich da jetzt auch rauf. Oh Scheiße.
»He, Manne, du bist gleich dran!« Gesine kommt auf mich zu. Sie hat einen rosa Bikini an und ganz nasse Haare. Und ihre Wimpern sind auch nass, ganz dunkel sehn die jetzt aus. Obwohl Gesine ja eigentlich blond ist.
»Warst du schon dran?«, frag ich und dann muss ich mich räuspern, weil meine Stimme irgendwie heiser klingt.
»Gerade eben. Und wo treibt ihr euch rum?«
Ich zuck mit den Schultern. »Auf Klo«, sag ich und dann ist Schweigen. Klingt ziemlich blöd, denk ich. Als wür-

den wir auf dem Stinkeklo sitzen und Däumchen drehn oder so statt in der Sonne.
»Also, ich war auf dem Klo«, sag ich noch mal, aber das ist auch nicht besser. Auf einmal fällt mir auf, dass Gesines Bikinioberteil gar nicht so platt aussieht wie bei den meisten anderen Mädchen aus unserer Klasse. Die kriegt schon Brüste! Ich merk, dass sie mich anguckt, und schnell seh ich weg und spuck neben die Gehsteigplatten, genau dahin, wo die Wurzeln vom Hagebuttenbusch rauskommen.
»He!«, sagt Gesine laut, klingt irgendwie komisch, so panisch. Ich dreh den Kopf, aber es ist schon zu spät. Ich krieg einen heftigen Stoß zwischen die Schultern und stürze nach vorn, voll in den Busch. Automatisch kneif ich die Augen zusammen und will die Arme hochreißen, aber das geht nicht.
»Das ist für gerade, du Penner!«, schreit eine sich überschlagende Stimme. Überall sind Dornen und kratzige Zweige und Blätter und reißen mir die Haut auf. Es tut verdammt weh, höllisch weh tut das sogar. Ich kann mich nirgendwo festhalten. Alles gibt nach und so stürz ich noch weiter, richtig rein in den Busch. Bis ich hängen bleibe, so halb in der Luft.
»Spinnst du?«, hör ich Gesine. »Mann, ist das fies!«
Irgendwer lacht, und dann, während ich noch um mich zu schlagen versuche und mit dem Busch kämpfe, zieht mich jemand an der Hose zurück. Jemand mit nicht so viel Kraft, deshalb klappt's nicht so gut.
»Nun hilf doch mal mit, der hängt doch fest!«, schreit Gesine. »Das tut doch weh!«
»Soll es ja auch!«

Aber dann spür ich noch mehr Hände, die an mir ziehen. Noch mal tut's höllisch weh, als die Dornen meine Haut aufkratzen, und dann bin ich endlich aus dem Busch raus und hock auf den Knien. Keuchend heb ich den Kopf und seh Bastis halb triumphierendes, halb verlegenes Grinsen und Gesines ängstlichen Blick. Als ich an mir runterguck, vergeht mir gleich alles. Meine Arme und Beine, sogar die Handflächen, alles ist völlig zerkratzt. An ein paar Stellen blute ich sogar, aus ganz feinen Schnitten, an denen winzige Dornen kleben. Und alles tut weh.

»Ej, Mann«, sag ich und steh mühsam auf. »Was soll denn der Scheiß, du Arsch, ej? Was hab ich dir denn getan?« Ich wisch mir die Handflächen ab.

»Haste verdient«, sagt Basti und zieht schnell ab, bevor ich ihm eine ballern kann. Aber im Moment ist mir gar nicht danach. Nicht mit den zerkratzten Händen. Und nicht, wo Gesine hier rumsteht. Kriegt er später zurück. Hundertpro.

»Mensch, das war ja gemein!« Gesine schüttelt den Kopf und sieht mich mitleidig an.

Ich streif mir ein paar Blätter von der Hose. Gar nicht so übel, knielange Shorts anzuhaben, sonst hätt ich jetzt noch zerkratzte Oberschenkel dazu.

»Ach, halb so wild. Aber den krall ich mir noch!« Ich weiche Gesines mitleidigem Blick aus und guck Basti hinterher. Der biegt gerade um die Ecke. Und da, direkt an der Ecke, steht Spalthoff und sieht mich an. Zu Basti sagt er keinen Ton.

Spalthoff sieht mich an, und ich seh ihn an. Ich könnt schwören, dass er lächelt. Nur ein ganz kleines bisschen,

aber trotzdem, ich könnt drauf schwören. Dann dreht er sich einfach wieder um.
Im gleichen Moment hör ich einen komischen Knall, mehr so ein Plumpsen, und dann einen Schrei. Die Stimme erkenn ich sofort.
»Au!«, schreit Amal. »Aua! Aaaaah! Scheiße, mein Bein!«

Ein Krankenwagen bringt uns zum Ludmillenstift, Amal und mich. Sind zwar nur fünf Minuten, aber die sind echt geil, auch ohne Sirene. Ich bin noch nie im Krankenwagen gefahren, und Amal auch nicht. Er hört auch gleich auf zu jammern, kaum dass die Tür hinter uns zu ist. Der Sanitäter grinst sich eins.
»Na, so weh tut es wohl doch gar nicht?«, fragt er und Amal grinst auch.
»Doch, tut voll weh!«
»Und was ist mit dir?« Der Sani guckt mich an. »Bist du auch ein Notfall?«
Ich kapier erst gar nicht, was er meint, aber dann fällt der Groschen und ich muss ebenfalls grinsen. »Nee, nee«, sag ich und wink ab. »Ist halb so wild.«
»Ein echter Indianer kennt keinen Schmerz, was?«, sagt der Sani.
»Genau!«
»Aber ein Notfall ist er trotzdem«, meint Amal und lacht. Dann verzieht er das Gesicht und hält sich das Bein. Tut wohl tatsächlich weh, so wie er guckt.
Muss es ja auch. Das Bein ist nämlich gebrochen, unten am Knöchel, wie ein Arzt uns später auf dem Röntgenbild zeigt. Dann schickt er uns zum Gipsen. Ich darf

überall mit, nur nicht ins Röntgenzimmer selbst, ist ja klar.
»Ach Mist, vier Wochen Gips!«, jammert Amal, als wir schließlich in der Eingangshalle rumsitzen und darauf warten, dass Bea kommt und ihn abholt. »Gerade jetzt! Ich bin doch erst seit zwei Wochen im Verein! Und nächsten Monat sind Wettkämpfe! Mist!«
»Vielleicht biste dann ja schon wieder okay.« Meine nasse Shorts klebt mir am Arsch, voll unangenehm. Selbst wenn ich Zeit gehabt hätte, mich umzuziehen – 'ne andere Hose hatte ich gar nicht dabei. *Die* hatte ich wirklich vergessen.
»Und selbst wenn! Dann fehlt mir doch das Training! Kacke ist das! Und eigentlich hast du Schuld!«, sagt Amal und lacht aber doch. »Musstest ja wieder mal mit Gesine da rumstehen und quatschen. Voll blind vor Liebe siehste noch nicht mal, wie Basti sich ranschleicht. Aber ich, ich seh alles! Und wie ich dir heldenhaft beistehen will, spring ich glatt zu schnell runter vom Turm. Bong, lieg ich schon unten. Alles für dich!« Er boxt mir gegen die Schulter.
»Voll blind vor Liebe, du spinnst wohl! Und außerdem, der kriegt das wieder, keine Bange. Aber danke, Kumpel«, sag ich und halt ihm die Hand hin. Amal schlägt ein.
»Trotzdem Mist. Gerade jetzt!«, sagt er und betrachtet sein leuchtend weißes Gipsbein mit 'ner Mischung aus Frust und Stolz. »Aber irgendwie ist das auch stark, so 'n Gipsbein, oder? He, willst du unterschreiben, als Erster?«
»Na logisch!«

Echt cool, so 'n Gipsbein, das stimmt. Und außerdem hat Amal jetzt ein paar Tage schulfrei, der Glückspilz. Lohnt sich ja fast, so ein Unfall.

Ich bin gerade fertig mit meiner Unterschrift, als Bea hereinstürmt. Hinter ihr trottet ihr Lover, der mit dem fleckigen Overall. Den hat er auch jetzt an.

»Amal! Wie kann denn nur so was passieren? Deinem Lehrer werd ich was erzählen!«, ruft Bea, und so, wie ihre Augen blitzen, glaub ich das nur zu gerne. Wenn Bea wütend ist, ist sie ein Drachen. Und jetzt ist sie eindeutig wütend. Sie schlingt die Arme um Amal und drückt ihn fest an sich. Amal zieht eine Grimasse.

»Komm jetzt!«, ruft Bea und lässt ihn los. »Wir gehen nach Hause, und dann erzählst du in Ruhe! Ich will alles ganz genau wissen! Die Lehrer passen anscheinend auf gar nichts mehr auf!« Und schon will sie Amal zur Tür ziehen. Der kommt kaum hinterher mit seinem Gipsbein.

»Mama! Nicht so schnell!«

»Na, denn hopp!«, sagt Beas Lover. Kurzerhand hebt er Amal hoch und trägt ihn zur Tür. Amal guckt völlig blöd aus der Wäsche.

»Soll ich noch mit?«, frag ich laut. Amal sieht gequält zu mir rüber und nickt heftig, aber Bea dreht sich nur kurz zu mir um.

»Nee, lieber nicht.« Sie ringt sich ein Lächeln ab, und dann sagt sie noch: »Also, tschüs, Manne.« Und schon schiebt sie ihren Lover samt Amal durch die Tür. Weg sind sie, die drei.

Ich steh da und guck ihnen nach. Dann seh ich an mir runter. Meine nassen Shorts hängen mir schlaff bis über die Knie, und meine Turnschuhe sind völlig durchweicht. Langsam schling ich die Arme um meinen Oberkörper. Mir ist kalt.

Als ich beim Schwimmbad ankomm, sind alle andern natürlich schon weg. Mein Fahrrad liegt verlassen am Ständer. Irgendwer hat es umgeschmissen, aber wenigstens ist nichts kaputt.
Langsam fahr ich durch die Nachmittagssonne in Richtung Neustadt, über die Hubbrücke und dann die Herzog-Arenberg runter. Meine Hose trocknet allmählich, und das ist nur gut so. Vorher kann ich nicht nach Hause, sonst schreit Ma wieder rum. Mürrisch lass ich die Füße seitlich hängen. Meine Schuhspitzen schleifen über den Asphalt. Mir doch egal.
Es ist Freitag und ziemlich viel los, die Leute hamstern fürs Wochenende. Der Parkplatz vorm Supermarkt ist krachend voll, das seh ich von weitem. Missmutig halt ich an, stütz die Ellbogen auf den Lenker und guck zu, wie die Leute sich um die Einkaufswagen drängeln. Eine Frau fährt mit ihrem fast gegen 'nen blitzenden Audi, der frisch aus der Waschanlage hinter der Tanke gerollt kommt. Der Fahrer steigt aus und meckert und die Frau kriegt einen ganz roten Kopf, ob vor Wut oder aus Scham, kann ich nicht sehen. Dann schiebt sie ihre Karre davon, zum Glascontainer schräg gegenüber von unserem Haus.
Das liegt still in der Sonne. Hinter den Fenstern ist keine Bewegung zu sehen, obwohl garantiert irgendwer da ist. Pa ist immer zu Hause, echt immer. Und Ma meistens auch.

Sogar von hier aus kann ich sehen, dass der Putz von unserer Fassade abblättert. Ein paar Dachschindeln fehlen, und die Brennnesseln im Vorgarten sind schon wieder gewachsen. Ich stoß mich von der Bordsteinkante ab und fahr los, quer über die Straße und dann die Jahnstraße rein und hoch bis zur Halle, im Stehen.
Auf der Baustelle ist schon Feierabend. Die Autos, die sonst immer hier rumstehen, sind alle weg, und die Fahrräder auch. Keiner mehr da. Achtlos liegen die Maurerkellen im Sand, der Betonmischer rostet im Sonnenschein vor sich hin und eine zerrissene Plane flattert in einer leichten Brise. Durch den Maschendrahtzaun hindurch wirkt das Ganze noch trister als sowieso schon. Sieht echt aus, als würden die niemals fertig. Aber wen kümmert das schon?
»Jochen?«, ruf ich trotzdem noch mal. Man kann ja nie wissen. Aber natürlich bleibt alles still. Unschlüssig steh ich da. Dann peil ich zum Stadion rüber. Der Seiteneingang ist offen. Endlich mal etwas Gutes an diesem beschissenen Tag!
Vor ein paar Jahren war unsere Stadt mal in der Zweiten Bundesliga. Irre für so ein Kaff. Damals haben sie den Bahnhof superschick aufgedonnert und das Stadion ausgebaut, dass man heut noch glaubt, man ist in 'ner Großstadt. Mit überdachten Sitzreihen und 'ner neuen Flutlichtanlage und überhaupt, alles vom Feinsten. Aber dann sind sie abgestiegen. »Alles Idioten!«, sagt Jochen immer. Der findet das oberbeknackt. Nicht, dass sie abgestiegen sind. Sondern das ganze Gebaue.
Ich werd mich schön hüten, Jochen davon zu erzählen, aber immer, wenn ich Gelegenheit hab, treib ich mich

im Stadion rum. Macht mir totalen Spaß. Geht nur leider nicht oft, denn meistens ist die Pforte nicht auf. Oder der Hausmeister hängt irgendwo ab. Ist auch so ein Kaliber wie der aus der Kruppstraße. Schreit sofort los, wenn der einen sieht.
Aber im Moment ist alles ruhig. Der grüne Rasen liegt menschenleer da, und der leicht abschüssige Weg an den Tribünen vorbei ist frei. Als ich das seh, steig ich voll in die Pedale und rase los. Den Weg runter und mit Schwung unten über die Kante. Zwei, nein, fast drei Meter flieg ich durch die Luft, dann setz ich wieder auf. Cool gehalten, das Rad! Nicht mal geschleudert! Weiter geht's, ich zieh eine Acht um die beiden Trainingsflächen hinter dem Rund. Ganz oben, am Scheitelpunkt, halt ich kurz an.
Schwer atmend schau ich mich um. Alles ist immer noch ruhig. Ein paar Vögel zwitschern und aus der Ferne, von der B 70, dröhnt Motorengeräusch. Wenn ich mich ganz zur Seite dreh, kann ich zwei Blocks von der Kruppstraße sehen, die mit den Reihenhäuschen ganz vorne. Irgendwo da wohnt Gesine.
Ich pack den Lenker so fest, wie ich kann, nehm Anlauf und springe erst auf, als ich genug Schwung hab, um ganz bis nach unten zu rollen, mitten ins Stadion rein, genau auf die Spielfläche rauf. Ganz bis in die Mitte. Ich stell mich auf die Pedale und reiß das Rad hoch, bis ich auf dem Hinterrad steh. Dann tanz ich los, vor, zurück, wieder nach unten und noch mal. Meine Füße sind festgeschweißt auf den Pedalen, ich bin eins mit meinem Rad. Es gehorcht mir total, macht alles mit, jede Bewegung. Ich schaff sogar eine Dreivierteldrehung, voll der

Rekord! Ich vergess alles, ich vergess den ganzen Tag und was war und wo ich bin.
Aber nicht ganz. Denn ich hör, wie die Menschenmenge auf den Tribünen zu raunen beginnt. Ich hör, wie sie jubeln, als ich mich aufstell und drehe, und dann hör ich ihr begeistertes Klatschen.
»Manfred Hannemann! Der Welt bester Kunstfahrer auf BMX!«, ruft der Stadionsprecher aufgeregt, und seine Stimme hallt laut durch das Rund und übertönt das Jubeln und Rufen. Für einen Moment mach ich die Augen zu. Die Sonne brennt rot hinter meinen geschlossenen Lidern. Immer noch halt ich das Gleichgewicht, mit geschlossenen Augen, hoch auf meinem Rad.
Irgendwann kann ich nicht mehr. Gerade als ich die Augen aufschlag und abspring, hör ich tatsächlich eine Stimme. Aber die klingt nicht gerade begeistert. Die klingt absolut wütend:
»Was machst du denn da, du Bengel! Sofort runter vom Rasen, aber dalli!«
Oben, wo die Tribüne anfängt, steht der Hausmeister mit erhobener Faust. Direkt über der Bande mit der Sportvereinswerbung *Wir machen Kinder stark gegen Sucht und Drogen.*
Ich lass mein Fahrrad fallen und breite die Arme aus. »Fang mich doch!«, schrei ich. »Fang mich doch, Alter!« Mit vor Erschöpfung zitternden Beinen stehe ich da und warte. Und er kommt tatsächlich. Er rennt tatsächlich los, schimpfend und fluchend, die Bande entlang und dann die Seitentreppe hinunter auf den Rasen. Ich warte, bis er nur noch ein paar Meter entfernt ist, dann schnapp ich mir mein Rad, spring auf und düse davon.

»Verfluchter Bengel!« Die Stimme des Hausmeisters schnappt über vor Wut und ich fang an zu lachen.
»Du kriegst mich nicht, Alter!«, schrei ich über die Schulter zurück. »Niemand kriegt mich, niemals!«
Ich hab Tränen in den Augen, so doll muss ich lachen Oder vielleicht ist es ja auch der Fahrtwind.

Ich hör Waldemars Stimme, als ich vom Rad spring. Jochen sitzt auf der Treppe und raucht, und Günni lehnt an der Wand. Waldemar steht breitbeinig da, sein Kumpel von neulich daneben. Als sie mich sehen, sind sie schlagartig still.
»Hi!«, sag ich und heb lässig die Hand. Keiner sagt was. Dann räuspert sich Jochen.
»Okay, mal gucken«, sagt er zu Waldemar. »Sind da Walkmänner bei?«
Waldemar zieht die Nase kraus und spuckt aus dem Mundwinkel zu Boden. »Walkmänner, ej, Pipifax! CD-Player, Mann. Und Anlagen noch und nöcher. Nur vom Feinsten, Alter, echt jetzt!«
»Danach hab ich nicht gefragt. Ich hab nach 'nem Walkman gefragt, Waldi, klar?«
Waldemar sieht sauer aus. Wahrscheinlich kann er diesen Spitznamen nicht ab. Kann ich verstehen. Aber Waldemar klingt auch nicht gerade viel besser. Ist auch so ein beknackter Name wie meiner. Waldemar könnte glatt einer von uns sein. Oder ein Dackel. Bei dem Gedanken muss ich kichern, und Waldemar guckt böse zu mir rüber, bevor er sich wieder zu Jochen dreht.
»Ja klar, Walkmänner sind auch bei. Aber ich sag dir, Alter, Anlagen, ej, nur vom Feinsten!«

»Kann ich nicht brauchen«, sagt Jochen cool und spuckt aus. Dann guckt er kurz zu mir und wieder weg.
»Besorgst du mir auch einen?«, frag ich, einfach mal so ins Blaue hinein.
»Dich hat hier keiner gefragt«, stinkt Waldemar mich an. »Zieh Leine, Kleiner!«
»Das ist meine Hütte, klar? Und hier bestimm ich!«, brüllt Jochen los. Günni und Waldemars Kumpel zucken erschrocken zusammen. »Ist das klar, oder was?«, zischt Jochen.
»Jaja, ist schon klar.« Waldemar nickt und verlagert sein Gewicht. Wieder guckt Jochen zu mir.
»Und jetzt rin mit dir, Kleiner. Wir haben was zu besprechen. Aber sei leise. Drinnen ist Ruhetag heute!«

Ich merk's schon im Flur. Alles ist ruhig, kein Fernseher an, überhaupt keine Geräusche. Und dunkel ist's auch. Die Rollläden in der Küche sind runtergelassen, das seh ich von hier aus. Leise geh ich rein.
Ma steht am Herd und putzt an einem Topf rum. Als sie mich sieht, legt sie den Finger an die Lippen. Aber ich weiß eh schon Bescheid.
Pa liegt auf dem Sofa, im Unterhemd, mit einem Waschlappen auf den Augen und Leidensmiene. Es gibt Tage, an denen er fast durchdreht vor Kopfweh. Dann kann er nicht das geringste Geräusch ab. Heute ist so ein Tag.
Ich schleich mich zu Ma rüber. Eigentlich ist es echt gut, dass es so dunkel hier drin ist. Da fallen ihr meine Kratzer gar nicht auf und auch nicht, dass die Hose noch feucht ist.
»Sei leise, Manne!«

»Ich will nur ein Brot!«, flüstere ich, aber Pa hat mich gehört.
»Seid doch still!«, jammert er los. »Still, seid alle still! Ich dreh hier noch durch!«
Ma schüttelt tadelnd den Kopf und legt wieder den Finger an die Lippen, und ich geh zum Brotkasten rüber. Beinahe lautlos schmier ich mir ein Brot mit Kochkäse und nehm mir 'ne halbe Tomate, die irgendwer übrig gelassen hat. Auf Zehenspitzen geh ich zur Tür. Im Flur hör ich Pas leidende Stimme: »Ist das Kühlaggregat an? Agnes, ich hör wieder das Kühlaggregat!«
»Nein«, sagt Ma. »Das ist nicht an. Das ist nicht an, Willi, echt nicht.«
»Aber ich hör's doch!«
Leise schleich ich mich raus.

Draußen sind nur noch Jochen und Günther. Waldemar und sein Kumpel sind weg. Ich hock mich neben Jochen auf die Treppe und beiß in mein Brot.
Jochen guckt mich von der Seite an. »Was hast du denn gemacht?«
»Oh, was hast du denn gemacht?«, wiederholt Günni und beugt sich vor.
Die beiden starren auf meine Arme. Und auf meine Beine. Sieht wirklich schlimm aus. Alles ist total zerkratzt, fast jeder Zentimeter Haut. Aber ich hab mich jetzt schon dran gewöhnt. Spür's gar nicht mehr.
»Bin hingefallen«, sag ich mit vollem Mund.
»Von selber?«, fragt Jochen misstrauisch. »Glaub ich ja kaum.« Er spuckt ins Gestrüpp zwischen den Bäumen und guckt mich dann forschend an.

Ich frag mich, woher er das jetzt wieder weiß. Ich schling die halbe Tomate runter, dann sag ich:
»Ja, von selber. Im Schwimmbad.«
»Oh, oh!« Günni legt den Kopf schief und guckt mich mitleidig an. Aber Jochen glaubt mir nicht, das kann ich sehen.
»Ej, hör mal, Mini, wenn die dich ärgern, dann musst du dich wehren, ist das klar? Wenn dich einer schubst, dann schubst du zurück!« Er zündet sich eine neue Zigarette an und pustet zornig den Rauch aus. »Lass dir bloß nichts gefallen!«
»Nee, mach ich nicht. Echt nicht«, sag ich und schlucke den letzten Bissen von meinem Brot runter. Schmeckt irgendwie staubig, das Brot.
Jochen zerknüllt die leere Zigarettenpackung und wirft sie ins Gebüsch. Günni verschränkt die Arme vor der Brust und fängt an zu pfeifen, aber auf Jochens scharfen Blick hin hört er gleich wieder damit auf.
»Schon gut, Jochen, schon gut«, sagt Günni. »Und machen wir das? Du, machen wir das, was Waldi gesagt hat?«
»Klappe, Günni.«
»Ich mach aber mit, ja? Ich mach aber mit!«
Jochen schweigt, nimmt einen tiefen Zug aus seiner Zigarette und stößt den Rauch sofort wieder aus. Ich wisch mir die Hand an meiner Shorts ab. Weil sie noch feucht sind, bleiben die Krümel dran kleben. Schon wieder ein Vorteil. Ich sollt immer mit nassen Hosen. Oder ach, vielleicht doch nicht.
»Was wollt ihr denn machen?«, frag ich. Jochen sieht nicht so aus, als ob er antworten würde. Ich guck zu

Günni, aber der hat abgeschaltet und guckt mit leerem Blick in den immer noch strahlenden Himmel. Weit hinten zieht ein Segelflieger vorbei.
»Bei Sport-Borchers haben sie geile Badehosen«, sag ich versuchsweise. Nur mal gucken, wie Jochen drauf reagiert.
Er lacht höhnisch. »Denk nicht mal dran!« Aber sein Blick flackert, als er das sagt. Dann flackert er weiter zu Günni, der immer noch in die Luft glotzt, und wieder zu mir zurück. »Du hast doch 'ne geile Mütze, das reicht.«
Siedend heiß durchfährt es mich, und sofort greif ich nach hinten. Dann bin ich erleichtert. Da steckt sie, immer noch, seit ich sie im Schwimmbad da reingestopft hab. Was für ein Glück! Ich setz sie mir auf. Jochen grinst kurz, dann zieht er sie mir ein Stück runter, bis über die Brauen, und gibt mir 'nen Klaps auf die Birne.
»Kleiner Spinner!«
Ich grinse zurück. Wir sitzen still da. Günni steht neben uns und guckt in die Luft. Die ist immer noch warm. Ganz schwach riecht es nach Gülle, kommt von der Kläranlage natürlich. Aber mich stört's nicht. Fast friedlich ist es auf einmal.
Dann springt das Kühlaggregat hinterm Supermarkt an, und aus dem Haus kommt ein lang gezogenes Heulen.
»Agnes!«, schreit Pa. »Das soll aufhören! Ich halt's nicht mehr aus! Ich dreh hier noch durch!«

Am nächsten Tag in der Schule ruft mich Spalthoff zu Beginn der zweiten Stunde nach vorn. Während ich durch die Klasse schlurfe, werden die andern ganz ruhig.
»Manfred«, sagt Spalthoff in drohendem Tonfall und

legt seine Aktentasche aufs Pult. Langsam zieht er sein Notenbuch heraus und blättert darin herum. »Was gestern im Schwimmbad passiert ist, hätte schlimm ausgehen können.«
Er klappt das Notenbuch zu und guckt mich von oben bis unten an. Ich weiß nicht genau, was er meint. Als ich zu Basti rüberschiel, seh ich, dass der ängstlich auf den Boden guckt. Keine Sorge, denk ich, ich bin keine Petze. Und außerdem hat Spalthoff das doch sowieso gesehn. Dass Basti mich geschubst hat.
»Aber ist ja nicht«, sage ich. »Ist ja nicht so schlimm.«
»Doch, das ist schlimm«, sagt Spalthoff barsch. »Und ich erwarte eine Entschuldigung von dir!«
Ich bin total verdattert. »Aber ich hab doch gar nichts gemacht!«
Spalthoff beugt sich nach vorn, so dicht zu mir rüber, dass seine Nase um ein Haar meine berührt. Ich kann seinen Atem riechen, und mir wird schlecht.
»Und ob, mein Lieber, und ob! Und ob du was gemacht hast! Immer nur Unruhe stiften, die anderen anstacheln zu irgend'nem Blödsinn und dann kommt so was dabei heraus! Amal hätte sich den Hals brechen können!«
»Aber …«
»Kein Aber!«, brüllt Spalthoff plötzlich los, und ohne dass ich's will, zucke ich zusammen. »Du wirst dich endlich zusammenreißen und dich benehmen! Ist das ein für alle Mal klar?«
Er ist so nah vor mir, dass mir ein paar kleine Spucketröpfchen ins Gesicht fliegen. Auf einmal begreif ich, was los ist. Bea hat ihm die Hölle heiß gemacht, klar. Und dafür muss ich jetzt büßen.

Spalthoff starrt mich immer noch an. Totenstill ist es in der Klasse geworden. Als ob alle den Atem anhalten. Ganz langsam heb ich den Arm und wisch mir das Gesicht ab.
Spalthoff wird weiß vor Wut. »Eine Entschuldigung, Manfred!« Er knallt das Notenbuch mit voller Wucht aufs Pult. Es peitscht wie ein Knall durch die Klasse.
Ich zwinge mich, nicht wegzugucken. Breitbeinig steh ich vorm Pult und starre in Spalthoffs funkelnde Augen. Das Blut pocht mir in den Ohren. Langsam mach ich den Mund auf.
Aber dann hör ich auf einmal Jochens Stimme in meinem Kopf. *Lass dir bloß nichts gefallen!* Das gilt auch für Lehrer, oder?
»Ich hab aber gar nichts getan!«, sage ich laut.
Spalthoff starrt mich an. Dann richtet er sich auf und fängt plötzlich an zu lächeln, so richtig schön fies.
»Nun gut. Wenn das so ist. Vielleicht bist du dann jetzt so nett und trägst uns die Hausaufgaben für diese Stunde vor.«
Wie blöd steh ich da. Ich hab fast nie Hausaufgaben dabei. Höchstens schnell vor der Stunde bei Amal abgeschrieben, oder er legt mir seine so hin, dass ich reingucken kann. Nur, Amal ist nicht da. Der liegt zu Hause im Bett und bewundert sein Gipsbein. So eine Scheiße!
»Hab ich nicht«, sage ich kleinlaut. »Hab ich vergessen.«
»Na gut, Manfred, wenn das so ist.« Spalthoff klappt sein Notenbuch wieder auf. Dann malt er genüsslich eine fette rote 6 neben meinen Namen. »Setz dich.«
Langsam geh ich nach hinten. Basti grinst verlegen auf

den Boden runter, als ich an ihm vorbeikomm. Daneben zieht Finn eine Grimasse und schüttelt den Kopf.
»Oh Mannomann!«, flüstert er zu mir rüber. Aber ich scher mich nicht drum. Das ist so verdammt ungerecht alles. So scheißverdammt ungerecht ist das. Ich heb den Kopf und guck stur geradeaus.
»Ach Manfred?«, ruft Spalthoff mit zuckersüßer Stimme. »Eins noch!«
Ich bleib stehen und dreh mich halb zu ihm um.
»Mit der Realschule wird es ja dann wohl nichts werden«, sagt Spalthoff und lächelt böse vor sich hin, ohne mich anzusehen.
Ein bisschen fühlt es sich an, als ob ich 'ne Dreizentnerplatte auf meinen Schultern zu liegen habe. Aber trotzdem bring ich es fertig, sie zu heben und wieder fallen zu lassen.
»Und wenn schon!«, sag ich. »Und wenn schon! Ist mir doch egal!«

In der großen Pause seil ich mich ab. Der Gong ist noch nicht ganz verhallt, da bin ich schon raus aus der Tür und die Treppe halb runtergepest. Die Tüte mit meinen Sachen hab ich dabei. In der Halle komm ich leider nicht mehr so schnell voran, irgendeine Achte oder Neunte war schneller als ich. Ungeduldig drängel ich mich durch die Masse, aber die stoßen natürlich zurück.
»Immer mit der Ruhe, du kleiner Scheißer!« Das ist so ein Pickelgesicht aus Dieters Klasse.
»Schnauze!«, blaff ich ihn an, aber nicht besonders laut. Für heute hab ich irgendwie schon Ärger genug.

Pickelgesicht kneift die Lippen zusammen und guckt stinkig, und ich lass mich ein bisschen zurückfallen. Hinter mir sind jetzt ein paar Mädchen, die leise was bequaken. Ich bleib dicht vor ihnen. Gemeinsam schieben wir vorwärts.

»Voll eklig ist der. Wie der geht und überhaupt«, sagt die eine und kichert.

»Und der Mund«, sagt 'ne andere, eine mit 'ner ganz hohen, biestigen Stimme. »Guck mal, echt, nee!«

»Echt eklig, der Typ. Ich mein, dafür kann er ja nichts, aber trotzdem.«

Dann ist Schweigen. Endlich sind wir fast draußen. Am Türrahmen steht Dieter und raucht, mit grimmiger Miene, in seinem Nike-Hemd, das Basecap schief auf dem Kopf.

Ohne dass er mich sieht, drück ich mich an ihm vorbei. Dieter braucht nicht mitzukriegen, dass ich schwänze, sonst lässt er nachher noch irgend'nen blöden Spruch los. Als ich mich noch mal umdreh, sind die Mädchen immer noch hinter mir. Und auch sie gucken zu Dieter.

»Na, für den Mund kann er ja nichts«, sagt die mit der biestigen Stimme und kichert noch mal. »Aber trotzdem!«

Mir wird ganz heiß, als ich kapier. Genauso ist das nämlich! »Dafür kann er ja nichts, aber trotzdem!«, sagen sie immer. Als wenn man halt doch was für kann. Wie man aussieht und alles. Mann, ist das alles ein Scheiß. So verdammt ungerecht alles.

Einen Moment steh ich unschlüssig da. Ich weiß, dass ich jetzt eigentlich was sagen müsste, wie ich's ja sonst auch immer mach. Aber dann hau ich doch einfach ab, feige Sau, die ich bin. Quer übern Hof und aufs Rad und weg bin ich.

Es ist später Nachmittag, als ich durch die Kruppstraße fahr. Die Sonne hängt schon tiefer, und so richtig heiß ist es auch nicht mehr ganz. Langsam roll ich den Waldpfad hinter den Wohnblocks entlang und dann wieder zurück. Zwischen dem ersten und zweiten Block fahr ich rüber zu den Reihenhäusern, quer übern Rasen. Aber vom Hausmeister ist sowieso nichts zu sehen.
Niemand außer mir ist unterwegs, still und ruhig liegt die Straße im Halbschatten. Gemütlich zockel ich den kleinen Schotterweg zwischen Stadionzaun und den Häusern entlang und betrachte die Gärten. Aber heute macht mir das nicht so richtigen Spaß. Irgendwie ist der Wurm drin. Und außerdem hab ich Hunger und Durst, schon seit Stunden. Und keine Kohle. Woher auch?
An einem Eckhaus halt ich an. Im Garten vor mir stehen lauter Figuren aus Ton, 'ne ganze Batterie davon, echt superkitschig. Ein Hirsch mit Geweih, ein paar Zwerge, ein riesiger Löwe und daneben ein Polizist, lebensgroß, mit 'ner Knarre in der Faust und einem Helm auf dem Kopf. Amimäßig, voll schräg.
Ich guck ihn mir ganz lange an, wie er da steht und die Pistole auf mich gerichtet hält. Irgendwann lass ich mein Fahrrad zur Seite kippen und breite die Arme aus.
»Komm schon, schieß doch!«, sag ich zu dem Amibullen. »Komm schon!«
»Macht er aber nicht«, sagt eine Stimme von irgendwoher. Erstaunt guck ich mich um.
»Hier oben!«

Gesine steht auf dem Balkon, nicht auf dem von dem Eckhaus mit den Figuren, sondern von dem daneben. Ich lasse die Arme sinken. Wir gucken uns an, dann lächelt Gesine.
»Ist dir nicht heiß mit der Mütze?«
»Nö«, sag ich cool und kick einen Stein weg.
»Willste mal reinkommen?«
Einen Augenblick lang bin ich völlig verdutzt. Ich, zu Gesine? Aber warum eigentlich nicht?
»Okay«, sag ich cool. »Komm ich mal kurz rein.«

Es ist das erste Mal, dass ich in einem von diesen kleinen feinen Reihenhäusern bin. Donna, der Hund, springt aufgeregt an mir hoch und leckt mir die Hand, als Gesine aufmacht. Dann geht sie vor mir her durch die getäfelte Diele bis in die Küche, wo alles nur so blitzt, und weiter ins Wohnzimmer. Das hat eine Schiebeglastür, durch die man den Garten sehen kann. Von hier aus wirkt er gar nicht so klein wie von außen.
»Guck dich ruhig um. Meine Mama ist in der Stadt und mein Vater noch auf Arbeit«, sagt Gesine und haut sich ins Sofa. Donna springt neben sie und klopft einladend mit dem Schwanz. Aber ich bleib lieber stehen.
»Was macht denn dein Alter?«
»Der ist Ingenieur. Und deiner?«
»Der ist krank.«
»Wie, krank? Was hat der denn?«
»Krank halt. Frührentner ist der.« Zum Glück fragt Gesine nicht weiter. Ich geh zu dem Einbauschrank, der sich über die ganze Wand zieht. Randvoll ist der mit lauter Zeug, Büchern, Geschirr und anderem Kram. Ich

staune, wie ordentlich hier alles ist. Sie haben so viele kleine Sachen rumstehen, winzige Vasen und Bildchen aus Holz und Figürchen und solchen Krempel. Wie die das bloß schaffen, dass das alles da so ordentlich drin stehen bleibt und sauber aussieht, ist mir echt ein Rätsel.
»Wo warst du denn heut nach der Zweiten?«, fragt Gesine vom Sofa. Ich zuck einfach nur mit den Schultern, ohne mich umzudrehen. Vorsichtig nehm ich ein kleines Gefäß aus dem Regal und guck es mir an. Es ist ein winziges weißes Eimerchen mit Besen und Schaufel drin. Wozu man so was wohl hat?
»War echt gemein vorhin von Spalthoff«, sagt Gesine. »Echt, richtig fies. Willst du vielleicht was trinken? Wir haben Cola.«
»Ja, geil!«, sag ich. Ich stell das Eimerchen wieder in das Regal. Jetzt hat es dunkle Flecken von meinen Fingern. Verstohlen wisch ich mir die Hände an den Shorts ab, während ich Gesine in die Küche folge.
Gierig trink ich das große Glas Cola aus, das sie mir reicht. Sie zieht die Augenbrauen hoch und gießt mir noch einmal ein. Auch das trink ich aus, aber nicht ganz so schnell. Als ich Gesine das Glas zurückgeb, fällt mir auf, wie blau ihre Augen sind. Ganz hellblau, so hell wie der Himmel, wenn die Sonne scheint.
»Willste oben auch noch mal gucken?«
Ich nicke, und dann bück ich mich schnell, um Donna zu streicheln, die um mich rumtanzt. Ich weiß überhaupt nichts zu reden. Und außerdem ist hier alles so fein, da komm ich mir einfach komisch vor. Fehl am Platz irgendwie.
Gesine geht vor mir die Treppe rauf, die mit flauschigem

Teppichboden belegt ist. Unsere Schritte sind darauf kaum zu hören. Als ich zu meinen dreckigen Turnschuhen mit der kaputten Naht runtergucke, fühl ich mich noch viel beknackter. Aber dann seh ich Donnas tapsige Pfoten daneben, und das beruhigt mich ein bisschen. 'n Hund macht ja auch manchmal Dreck, also, was soll's.
Gesine macht jede Tür auf, und ich guck überall rein. Elternschlafzimmer mit rosa Ehebett und passender Schrankwand; nicht wie bei uns ein Klappsofa im Wohnzimmer. Das Bad ist mit hellblauen Kacheln gefliest und duftet nach Parfum, und im Arbeitszimmer steht ein brandneuer Computer. Das letzte Zimmer ist das von Gesine, das mit dem Balkon. Ich staune.
»Wow!«, sag ich. »Super! Eigenes Zimmer! Und mit Balkon!«
Das Zimmer ist wirklich klasse. Groß und hell und voll eingerichtet, mit einem großen Regal, 'nem breiten Schreibtisch mit Drehstuhl, ganz modern, und einem gemütlichen Bett, wo ein paar Teddys und Puppen draufhocken. Aber das ist auch das einzige richtig Mädchenmäßige an Gesines Zimmer, von ein paar Pferdepostern an der Wand abgesehn. Obwohl, in so vielen Mädchenzimmern war ich ja noch gar nicht. Eigentlich in keinem. Im Regal stehen lauter Bücher, und 'ne Anlage ganz unten, *nur vom Feinsten*, würde Waldemar jetzt sagen. Und Gesine hat sogar 'nen Computer.
»Der alte von meinem Vater«, sagt sie und guckt ein bisschen verlegen.
»Na, ist doch egal, Computer ist eben Computer, kann ja ruhig alt sein.« Ich geh näher ran und begutachte das Teil. Kenn ich mich zwar null mit aus. Aber irgendwas

muss ich ja machen. Gesine beobachtet mich nämlich die ganze Zeit.
»Geiler Tisch«, sag ich und streich mit der Hand über die Platte.
»Wieso, was hast du denn für einen?«
»Gar keinen«, sag ich. Gesine guckt voll erstaunt. Ich zieh 'ne Grimasse.
»War nur ein Spaß«, lüg ich schnell. »He, Donna, komm her!«
Sofort kommt der Hund an und leckt mir die Hand. Ich streichel ihn lange, und als er sich auf den Rücken wirft, muss ich lachen.
Gesine guckt mich immer noch an. Mir ist unbehaglich, wenn sie so guckt.
»Ich hab dich schon oft durchs Stadion brausen sehen und Kunststücke machen, mit deinem Rad«, sagt sie auf einmal.
»Echt?«
Sie zeigt zum Balkon. Ich rappel mich auf und tret raus, und dann seh ich auch, was sie meint. Von hier oben hat man freien Blick ins Stadion, auf die Trainingsflächen und die Tribünen dahinter. Jetzt erinner ich mich: Von unten, vom Rasen aus, sieht man zwei Kruppstraßenhäuser. Dies hier muss eines davon sein. Wenn ich mir vorstell, dass Gesine mir bei meinen Kunststücken zugeguckt hat, wird mir ganz komisch. Aber ein bisschen stolz bin ich irgendwie auch. Ich hol tief Luft und spuck dann über die Brüstung, so weit, wie ich kann. Als ich mich wieder umdreh, sieht Gesine total angeekelt aus.
»Müsst ihr eigentlich immer so rumspucken, ihr Jungs?«
»Wieso? Was ist denn dabei? Machen doch alle.«

»Nicht alle. Mädchen zum Beispiel machen das nie. Und viele Jungs auch nicht. Und außerdem ist das voll eklig«, sagt sie.
»Findest du echt?« Das hab ich mir ehrlich gesagt noch nie überlegt, dass man das eklig finden kann.
Gesine fängt an zu grinsen. *»Echt?«,* äfft sie mich nach. *»Really?«*
Ich muss ebenfalls grinsen. »Really«, sag ich. »Really. Ganz echt, ej.«
Wir grinsen uns an. Aber dann werd ich gleich wieder ernst. »Ich glaub, ich muss jetzt mal los.«
»Ist gut«, sagt Gesine und ist auch wieder ernst. »Ich bring dich noch bis zur Tür! Und Donna auch.«

An diesem Abend geh ich ausnahmsweise mal ganz früh zu Bett. Eigentlich bin ich noch gar nicht so richtig müde. Aber wenigstens bin ich dann ein bisschen für mich alleine.
Und gerade heute hab ich da Lust zu. Die andern sind nämlich ziemlich schräg drauf. Werner ist weg, aber der Rest unserer Sippe sitzt im Wohnzimmer vor der Glotze, sogar Jochen hängt davor ab. Der ist superhibbelig heut. Wackelt ständig mit dem Fuß, trommelt auf seinem Knie rum und macht Günni auch ganz nervös. Pa hat schon ein paarmal gemeckert. Er trinkt heute mehr Schnaps als gewöhnlich, und Ma ganz genauso. Aber das machen sie immer, wenn Ruhetag war. Und Dieter ist obermies drauf. Vielleicht weil er sein heiß geliebtes Nike-Shirt nicht anhat. Das hängt auf der Leine. Ma hat's gewaschen. Wurde auch Zeit.
Als ich rausgeh, kommt Ma mir noch mal hinterher.

»Gute Nacht, mein Kleiner!«, sagt sie und drückt mich fest an sich. Ergeben lass ich es über mich ergehen. Und dann, plötzlich, leg ich die Arme um Ma und drück sie zurück. Nur ganz kurz.
»Gute Nacht, Ma!«, sag ich und verschwinde ins Zimmer.
Genau als ich mich hinleg, fängt die Neonreklame von nebenan an zu blinken: *Alles fürs Auto, Alles fürs Auto.* Ich leg mich flach auf den Rücken und verschränke die Arme hinterm Kopf. Dann schließ ich die Augen. Hinter meinen Lidern blinkt es rot und weiß, immer wieder, ganz im Takt wie mein eigener Herzschlag.
Ich frag mich, was Gesine wohl sieht, wenn sie im Bett liegt. Die Baumwipfel von den Tannen aus ihrem Garten wahrscheinlich. Und den Himmel. Vielleicht manchmal den Mond. Aber Blinkreklame bestimmt nicht.
Ich dreh mich auf die Seite. Immer noch blinkt es, aber jetzt nur noch schwach. Ich könnt Gesine das ja mal zeigen, denk ich und muss sofort grinsen. Ja, danke!
Wir bringen eigentlich nie jemanden mit nach Hause. Ich manchmal Amal, aber die andern ... Und Mädchen schon gar nicht. Als Werner mal 'ne Freundin gehabt hat, letztes Jahr, hat Ma gesagt: »Bring sie doch mal mit!« Aber Werner hat nur abgewinkt. »Nee, lass mal. Ist eh kein Platz hier.« Voll peinlich hier, hätt er auch sagen können. Bin ich lieber auf der Wiese vom Schießstand. Da hab ich ihn nämlich beim Knutschen gesehen, mit seiner Freundin, ein paar Tage später.
Aber daran will ich jetzt gar nicht denken. Ich kneif die Augen ganz fest zusammen und zieh mir die Decke über den Kopf. Jetzt ist es dunkel.

Mitten in der Nacht wach ich auf, weil irgendeiner das Deckenlicht angeknipst hat.
»Ej, was soll'n das?«, sag ich, aber als ich mich aufrichte, bleibt mir das Gemecker im Halse stecken. Im Türrahmen steht ein Bulle, und ein anderer beugt sich gerade über Dieter und zieht ihm vorsichtig die Decke vom Kopf.
»Ej, du Arsch!«, murrt Dieter verschlafen, aber dann, als er die Augen aufmacht, ist auch er sofort still. Werner taucht hinter dem Bullen im Türrahmen auf, mit nichts an als seiner Schlafanzughose.
»Hab ich doch gesagt!«, sagt er wütend. »Das ist Dieter, nicht Jochen!«
Die Bullen marschieren wortlos aus unserem Zimmer, von Werner gefolgt.
»Das kann alles gar nicht!«, hör ich ihn sagen. »Das kann gar nicht sein!«
»Was ist denn los?« Dieter setzt sich aufrecht hin und reibt sich die Augen. Aber ich bin schon raus aus dem Bett und hinter Werner her.
Im Haus ist voll Festbeleuchtung an. Werner und die beiden Bullen stehen um den Küchentisch rum, und im Wohnzimmer ist noch einer von denen. Der guckt unters Klappsofa, das jetzt ausgezogen ist, zum Schlafen für Ma und Pa. Die beiden sitzen am Tisch in der Küche, in Schlafklamotten, mit bleichen Gesichtern und riesigen Augen. Dazwischen sitzt Günni, den Kopf auf die Hände gestützt, und schluchzt vor sich hin.
»Was ist'n hier los?«, frag ich. »Wo ist Jochen?«
Der eine Bulle, ein großer Dünner, guckt zu mir rüber.
»Genau das würden wir auch gerne wissen.«

Mein Magen zieht sich zusammen. »Was ist denn mit Jochen?«
»Das war nicht extra, ganz echt nicht!«, heult Günni auf einmal laut los. Jetzt seh ich erst, dass er voll angezogen ist, mit Hose und Pullover, und sogar seine Schuhe hat er an. »Das war nicht extra! Ja? War nicht extra, nicht? War es nicht, ja?«, schreit Günni. Sein Gesicht ist schon ganz fleckig vom Weinen, und aus seiner Nase läuft Rotz.
Pa starrt nur vor sich hin. Er sieht aus, als hätt er 'ne Flasche übern Kopf gekriegt. Ma dagegen guckt total geschockt.
»Was ist denn los?«, frag ich noch mal.
»Das kann gar nicht sein«, sagt Werner schon wieder. »Mein Bruder macht so was nicht.« Jetzt taucht auch Dieter hinter ihm auf, mit verstrubbeltem Haar, total verschlafen, aber auf hundertachtzig.
»Ej, was soll denn der Scheiß?«, brüllt er, und da dreht der große Bulle den Kopf und guckt ihn abfällig an.
»Ganz ruhig, Meister. Sonst kriegst du auch noch Ärger. Und davon habt ihr wohl schon genug.«
»Wieso denn? Ej, Werner, jetzt sag mal!« Dieter stößt Werner in die Seite. Normalerweise würde Werner ihm dafür voll eine scheuern, aber jetzt bleibt er ganz ruhig. »Angeblich sollen Jochen und Günni drüben beim Supermarkt Elektrogeräte geklaut haben«, sagt er. »Und den LKW-Fahrer k.o. gehauen haben sollen sie auch. Den, der das Zeug gebracht hat.«
Mir wird siedend heiß. Mein Magen zieht sich schon wieder zusammen. »Das glaub ich nicht«, sage ich schwach. Aber gleichzeitig macht es klick in meinem

Kopf. Waldemar. Die Elektrogeräte. *Was man da für 'n Geld machen könnte.* Oh Scheiße, denk ich. Oh Scheiße, Jochen!

Dieter klappt den Mund zu und guckt total platt. Werner zuckt mit den Achseln.

»So 'n Quatsch, echt!«, sagt er cool. Dann guckt er zu Günni, der immer noch heult. Die Tränen laufen ihm nur so übers Gesicht, und aus seinem Mundwinkel läuft Sabber.

»War nicht extra gewesen! Ja, Werner?«, jammert Günni und guckt flehend zu Werner auf.

Der große Bulle nickt seinen beiden Kollegen zu und dem anderen auch, der jetzt im Wohnzimmer fertig ist. Die beiden gehen zu Günni und fassen ihn an den Armen, einer rechts, einer links. »So, junger Mann, jetzt kommst du mal schön mit«, sagt der, der links steht.

»Nein!«, weint Günni. »Ich muss nicht mit, oder? Pa, muss ich nicht, oder?«

Pa legt eine Hand vor die Augen und schweigt. Ma fängt an zu weinen.

»Mein Junge!«, ruft sie. »Mein Günther!«

Die beiden Bullen ziehen Günni hoch. »Komm jetzt, Kollege. Genug geheult«, sagt der, der rechts steht. Günni flennt nur noch lauter.

»Das könnt ihr nicht machen!«, schreit Werner los und zieht seine heruntergerutschte Schlafanzughose wieder nach oben. »Den könnt ihr nicht mitnehmen! Der ist nicht ganz klar im Kopf, lasst den bloß hier!«

»Aber klar genug im Kopf, um einen LKW-Fahrer bewusstlos zu schlagen, das ist er schon! Nee, nee, Bürschchen, du kommst jetzt mal mit.« Der Bulle packt Günni

fester am Arm und schiebt ihn vor sich her. Günni hört auf zu weinen. Auf einmal ist er ganz ruhig.
»Nicht extra gemacht, nein, Werner?«, flüstert er ängstlich.
»Wir wolln einen Anwalt!«, schreit Werner und ballt die Fäuste.
»Bitte sehr, hab ich nichts dagegen.« Der große Bulle mustert Werner eiskalt, dann dreht er sich zu Ma und Pa um. »Wir nehmen Ihren Sohn jetzt mit zum Verhör. Wenn Jochen auftauchen sollte, dann sorgen Sie dafür, dass er sich umgehend stellt. In seinem eigenen Interesse, und dem seines Bruders natürlich.« Für einen winzigen Moment lächelt er fies. Und dann geht er raus. Werner läuft hinterher.
»Das geht nicht! Das könnt ihr nicht machen!«
In der Küche ist es auf einmal ganz still. Auch Ma hat aufgehört zu schluchzen. Dieter kaut auf seiner Unterlippe und starrt finster vor sich hin, und Pa hat immer noch die Hand vor den Augen.
»Jochen haut doch keinen zusammen«, sag ich, und meine Stimme klingt merkwürdig dünn. Ich spür plötzlich, dass ich angefangen habe zu zittern. »Das macht der doch nicht!«
Aber von den andern kommt keine Antwort.

TEIL 3

Am nächsten Morgen ist die Stimmung völlig im Keller, bei allen. Außer bei Dieter. Der schläft nämlich noch, als ich aufsteh. Ich selber hab kaum mehr ein Auge zugekriegt die Nacht. Die ganze Zeit hab ich versucht, mir vorzustellen, was da eigentlich passiert ist. Aber ich kann's irgendwie nicht. Jedenfalls nicht ganz. Dass Jochen und Günni den Fahrer zusammengeschlagen haben sollen, das geht mir einfach nicht in den Kopf. Ich hab ein total klammes Gefühl im Bauch. Echt üble Sache das.

Ma sitzt am Tisch und näht irgendwas Gelbes, und Pa hockt auf dem Sofa, als ich in die Küche komm. Die Glotze ist an, Frühstücksfernsehen, wie immer um diese Zeit. Aber der Ton ist leise gedreht. Richtig komisch, nur die beiden zu sehen. So leer war es selten bei uns.

Ich kipp mir einen Kaffee ein und setz mich zu Ma. »Jochen ist nicht aufgetaucht, oder?«, frag ich, voll überflüssig natürlich. Schließlich ist er ja nirgends zu sehen. Aber ich frag mich, wo er wohl ist. Und wie es ihm geht. Mann, so ein Scheiß!

Ma schüttelt den Kopf und schiebt mir einen Teller rüber, mit einem Honigbrot drauf.
»Für mich, oder wie?«
Ma nickt wortlos und beugt sich wieder über ihre Näherei. Jetzt seh ich auch, was sie da näht. Dieters gelbes Nike-Shirt. Hat ein Loch unterm Arm.
»Und wo ist Werner?«
Ma zuckt mit den Schultern. Dann seufzt sie. »Da ist irgendwas schief gelaufen«, sagt sie traurig. »Dass die Jungen einen Mann zusammenhauen, da ist irgendwas schief gelaufen. Das ist doch nicht normal, oder? Dass die so was machen?«
»Dafür gibt's Knast«, knurrt Pa drüben im Wohnzimmer und schüttelt den Kopf.
Ich beiß in mein Brot, aber irgendwie schmeckt es mir nicht. Da macht mir Ma schon mal ein Brot, und dann so was.
»Das glaubt ihr ja wohl nicht, dass die wen zusammenhauen«, sag ich. »Das macht Jochen doch nicht!«
Ma guckt nicht hoch. »Meine Jungens!«, sagt sie und wischt sich über die Augen. »Mein armer Günther!« Ihre Stimme klingt richtig verzweifelt.
»Das kann gar nicht sein. Also, das mit dem Mann!«, sag ich noch mal. »Das muss wer anders gemacht haben, oder das war ein Unfall!« Mit Mühe schieb ich mir das letzte Stück Brot in den Mund, kaue und schluck es runter. Dann spül ich mit Kaffee nach. Der schmeckt mir heut auch nicht.
Aus dem Fernseher kommt Lachen. Pa dreht den Kopf und guckt zu mir rüber. »Wer weiß, vielleicht wollen die uns nur was unterschieben!«, sagt er mit dieser schlep-

penden Stimme, die er immer hat, wenn er gerade seine Pillen eingeworfen hat. »Die wollen ja alles nur auf uns schieben! Solln lieber mal das Aggregat ausstellen. Das Kühlaggregat, das solln die mal lieber machen.«
Ma schüttelt den Kopf und wischt sich wieder über die Augen. »Ach, Willi. Ach, nee, also, Willi!«
Aber Pa ist auf einmal ganz wach. »Nee, jetzt aber mal wirklich! Wer sagt denn, dass die das nicht ausmachen wollten! Jochen und Günther, die wollten das Aggregat vielleicht ausmachen, damit es nicht mehr so brummt! Und dann wird denen so was in die Schuhe geschoben!«
»Pa«, sag ich. »He, Pa, das ist doch ... Ich weiß nicht.«
Pa starrt mich an, immer noch mit leuchtenden Augen, dann wird sein Blick plötzlich trübe, so als hätt einer ihm 'n Schleier vor die Augen gehängt. Seine Schultern sacken zusammen, und dann guckt er wieder zum Fernseher rüber.
Ich schieb meinen Stuhl zurück und steh auf. »Ich muss los«, sag ich und guck auf Mas gebeugten Kopf runter. Hinten am Kragen steht ihr Haar struppig vom Nacken ab, und auf einmal seh ich, dass sie da schon ganz viele graue Haare hat. Ist mir noch nie aufgefallen. Aber wann guck ich auch schon Mas Nacken an?
Ich beug mich noch mal runter und drück Ma einen Kuss auf die Wange. Ma lächelt schwach zu mir hoch.
»Mein Kleiner«, sagt sie. »Mein kleiner Manfred.«
Beim Rausgehen stolper ich auf der Hintertreppe fast über Werner, der da sitzt und raucht. Grimmig guckt er mich an.
»Ej, Mini, pass auf, wo du hintrittst, du Arschloch!«

»Sorry«, sag ich, geh um ihn rum und greif mir mein Fahrrad, das an der Wand lehnt.
»Und wie oft hab ich dir eigentlich schon gesagt, dass du deine Scheißkarre nicht an die Wand lehnen sollst. Die nervt da!«
»Schon gut, mach ich nicht mehr«, sag ich und zieh meine Mütze tief ins Gesicht. Dann schwing ich mich auf den Sattel.
Werner zieht die Nase hoch und spuckt knapp vor meinem Vorderreifen ins Gebüsch. Dann nimmt er 'nen tiefen Zug aus seiner Zigarette und guckt mich aus schmalen Augen an.
»Die Russen krall ich mir noch. Waldemar, diese Kröte!« Wütend stößt er den Rauch aus. »Aber dass er auch ausgerechnet Günni mitnehmen muss«, sagt er und spuckt noch mal ins Gebüsch, bevor er die Kippe hinterherschnippt. »So ein Idiot.«
Ich weiß nicht, wen er meint, Jochen oder Günni. Aber es ist auch egal. Fakt ist, dass die beiden am Arsch sind.

Und ich mit dazu. Das merk ich, sobald ich in der Schule angekommen bin.
Die erste Stunde ist Englisch-A-Kurs bei Kiepe. Schon als ich reinkomm, kapier ich, dass was im Busch ist. 'ne ganze Traube Jungs hängt tuschelnd um die hinteren Bänke herum. Mittendrin Finn, der breit grinst, als er mich sieht.
»He, Manne, du Penner!«, ruft er, und die andern Jungs drehen die Köpfe und starren mich an, als hätt ich plötzlich vier Augen oder so. »Du hier und nicht im Knast?«
Jetzt gucken mich auch alle anderen an. Auch Gesine,

die an ihrem Tisch sitzt und ihre Mappe auspackt. Das Blut schießt mir in den Kopf, aber ich versuch, mir nichts anmerken zu lassen. »Und du hier und nicht auf'm Gymmi«, frotzel ich zurück und schmeiß die Plastiktüte mit meinen Schulsachen auf meinen Tisch.

Finn lacht blöd. Das mit dem Gymnasium ist so ein wunder Punkt bei ihm. Eigentlich sollte er nach der Vierten nämlich direkt dadrauf. Aber sie haben ihn nicht genommen, wegen der Noten. Das wurmt ihn total. Aber heute anscheinend nicht. Heute hat er ein Ass im Ärmel, und ich ahn auch schon, welches.

»Dich hätten sie gleich mal mit einbuchten sollen. Hast doch bestimmt Schmiere gestanden!«

Ein paar von den anderen kichern.

»Oder vielleicht hat er ja auch den Typen zusammengeschlagen. Manne Mannomann, der Superschläger!«, sagt Jonas, der neben Finn sitzt und sonst nie den Mund aufmacht.

Ich mach mich ganz groß, schieb die Hände in die Hosentaschen und geh breitbeinig nach hinten, direkt auf die anderen zu. Jonas guckt ein bisschen erschrocken, als ich vor ihm stehe, aber Finn grinst fies.

»Na, du Krimineller! Willste jetzt hier auch mal ein bisschen prügeln?«

Wie von selbst ballen sich meine Hände in den Taschen zu Fäusten. Mir juckt's echt in den Fingern. Aber erst mal muss ich rausfinden, wie sie das spitzgekriegt haben. Das von Jochen und Günni.

»Was soll der Scheiß eigentlich hier?«, frag ich und guck mich um. Jonas, die feige Ratte, senkt den Blick, aber die andern gucken mich geradeheraus an. Mit 'ner Mi-

schung aus Neugier und Feindseligkeit. Als wär ich plötzlich gefährlich geworden. Und irgendwie eklig zugleich. Aber sagen tut keiner was.
Und dann fällt mein Blick auf Lucky, der ganz hinten an der Bank lehnt. Heute lächelt er nicht, nicht mal ein bisschen. Stattdessen sieht er irgendwie schuldbewusst aus. Auf einmal geht mir ein Licht auf. Luckys Alter ist doch Bulle! Und nicht nur einfacher Bulle. Luckys Alter ist Kommissar oder so was. Ein hohes Tier jedenfalls. So einer, der über alles Bescheid weiß.
»Was der Scheiß soll?«, fragt Finn nach einem Moment.
»Das frag mal lieber deine sauberen Brüder. Raubüberfall mit Körperverletzung, Satan! Ganz schön heftig.«
Ein paar von den anderen nicken und Jonas stößt Lucky an und flüstert ihm irgendwas zu.
»Ist gar nichts von wahr!«, sage ich laut. Aber ich weiß selbst, dass Leugnen jetzt nichts bringt. Ist doch eh alles klar, für die andern zumindest. Und dann spricht's Finn auch noch aus:
»Na, das passt jedenfalls echt gut zu eurer Sippe. Echt asimäßig!« Er verschränkt die Arme vor der Brust und kippelt auf seinem Stuhl nach hinten. Und dann platzt mir der Kragen.
»Und wenn schon!«, schrei ich und spring vor. Ein rascher Tritt gegen den Stuhl, schon liegt Finn auf dem Boden und ich stürz mich auf ihn. Die anderen rennen auseinander. Mit einer Hand krieg ich Finn beim T-Shirt zu fassen, und dann schlage ich zu, mit geballter Faust.
Finn windet sich unter mir und tritt und kratzt mich, wo er nur kann. Er ist ein ganzes Stück größer und kräftiger als ich, aber die Wut macht mich stärker denn je.

»Du mieser Arsch!«, brüll ich und box ihm vor die Brust. »Scheiß-Penner!« Finn versetzt mir einen Kinnhaken und eine Sekunde lang seh ich Sternchen. Dann, gerade als ich die Faust hebe, werde ich unsanft von hinten gepackt und hochgerissen.

»Aufhören!«, ruft Kiepe und packt Finn, der sofort auch auf den Beinen ist, vorne am T-Shirt.

»Ej, der hat angefangen!«, schreit Finn und tritt nach mir, aber Kiepe hält ihn mit eisernem Griff von mir fern.

»Ruhe jetzt. Beruhigt euch, alle beide«, sagt er. »Hier wird nicht geprügelt.«

Ich stehe da und schnappe nach Luft. Meine Faust tut mir weh und mein Kinn noch viel mehr. Der ganze Kurs hat sich um uns versammelt, ein respektvolles Stück entfernt. Als ich hochguck, seh ich Gesine. Sie ist richtig weiß im Gesicht und hat ganz große Augen. Ich guck wieder weg.

»Der ist genau wie sein Bruder!«, schreit Finn. »Voll kriminell! Voll der Schläger! Mieses Pack!«

»Ruhe jetzt, Finn«, sagt Kiepe mit scharfer Stimme. »Solche schlimmen Töne will ich hier nicht hören, ist das klar?« Durchdringend starrt er Finn an, und nach einem Moment senkt Finn den Kopf.

»Ist doch wahr«, murmelt er bockig.

»Ihr setzt euch, und dann ist Ruhe, okay? Wenn ihr weiter Ärger macht, dann geht es zum Direktor. Alle beide, verstanden?«

Jeder andere hätte uns sofort zum Direx geschickt, das ist mir klar. Aber Kiepe eben nicht. Er starrt mich an und als ich schließlich nicke, macht er dasselbe mit Finn.

»Verstanden«, sagt Finn nach einem Moment. Kiepe

lässt uns los. Schweigend geh ich nach vorne und setz mich auf meinen Platz. Die anderen setzen sich ebenfalls hin, ohne zu reden. Nur Räuspern und Stühlescharren sind zu hören. Lucky schiebt sich neben mich auf seinen Stuhl und rückt leise so weit ab von mir, wie es nur geht. Mir ist es egal. Den Rest der Stunde guck ich keinen mehr an. Noch nicht mal Kiepe, obwohl der mir direkt vor der Nase steht und auf Englisch irgendwas faselt. Aber ich hab keinen Bock mehr. Auf nichts.

Und so vergeht dieser endlose Schultag. Auch im Mathe-Kurs und in der Klasse wissen alle Bescheid und glotzen blöd zu mir rüber. Gröninger auch. Wenn Amal wenigstens da wär! Aber der liegt jetzt zu Hause und macht sich 'nen schön faulen Lenz.
Ich guck niemanden an, rede kein Wort, und in der Pause verdrück ich mich gleich in den Hof.
Ich überleg, ob ich schwänzen soll. Aber dann seh ich Dieter hinten am Tor stehen und rauchen. Langsam schlender ich zu ihm rüber und stell mich dazu. Das mach ich normalerweise sonst nie. Aber heute ist eben gar nichts normal.
Dieter hat sein frisch gewaschenes und gestopftes Nike-Shirt an und das Basecap so tief in die Stirn gezogen, dass ich seine Augen kaum erkennen kann. Schweigend stehen wir da, ich mit den Händen tief in den Taschen, Dieter mit der Zigarette im Mundwinkel. Sein Mund sieht irgendwie noch schiefer aus, wenn er die Zigarette so drinhängen hat.
»So 'ne Scheiße«, sagt er nach einer Weile und rotzt über den Zaun.

»Meinst du, die waren das wirklich?«
Dieter guckt mich grimmig an. »Na, logo!«
»Ich mein, das mit dem Fahrer.«
Dieter zuckt mit den Schultern und starrt in den Himmel. Seine Augen unter dem Mützenschirm sehen ganz leer aus.
»Weiß ich nicht«, sagt er schließlich. »Und wenn schon. Ist doch egal. Am Arsch haben sie die eh.«
»Meinste echt?«
»Ja, klar«, sagt Dieter. »Am Arsch haben sie die sicher. Hätt er mich lieber mitgenommen, der Dämlack, wär das nicht passiert.« Abgenervt schüttelt er den Kopf.
Ein Stück weiter schleichen Finn, Timo und Basti in Richtung Fahrradunterstand an uns vorbei. Wortlos glotzen sie rüber. Aber mehr traun sie sich nicht. Ist, glaub ich, das erste Mal, dass ich froh bin, Dieter zum Bruder zu haben.
»Und was meinst du, wo Jochen wohl ist?«, frag ich leise. Dieter wirft seine Fluppe über den Zaun und guckt mir direkt ins Gesicht.
»Ej, Manne, wenn einer das weiß, dann doch du!« Obwohl er finster guckt, sieht er irgendwie traurig aus, aber vielleicht bild ich mir das auch nur ein.
»Weiß ich aber nicht«, sag ich und spuck auch über den Zaun, aber ich komm nicht so weit wie Dieter.
»Niete!« Dieter grinst und pufft mir gegen den Arm, aber dann wird er gleich wieder ernst. »So 'n Scheiß aber auch!«, sagt er. »So 'n Scheiß!«

Nach der fünften Stunde ist endlich Schluss. Morgen ist schulfreier Samstag, wenigstens was. Ich verzieh mich aufs Klo, bis alle raus sind. Als es ruhig draußen wird, latsch ich quer übern Hof zum Fahrradunterstand.

Ich seh's schon von weitem: Mein Fahrrad liegt auf dem Boden. Die Reifen sind platt und Sattel und Lenker verdreht. Finn, Timo und Basti, vorhin in der Pause, na logo!

»Diese Schweine!«, brülle ich laut. Wütend tret ich ein paarmal gegen den Metallbalken vom Unterstand, und ein paar Zweitklässler, die gerade ihre Räder aufschließen, gucken ängstlich zu mir rüber und hauen schnell ab.

Seufzend klapper ich die übrigen Fahrräder ab, bis ich 'ne Luftpumpe finde. 'nen Schraubenschlüssel find ich natürlich nicht, aber es geht auch so.

Mühsam bieg ich Sattel und Lenker wieder zurück und guck nach, was sonst noch kaputt ist. Zum Glück nichts. Nur die Ventile sind weg. Eins find ich neben dem Vorderreifen, das zweite schraub ich aus einem andern Rad raus, das noch da rumsteht. Soll wer anders sich doch drüber ärgern.

Als die Reifen wieder prall sind und ich gerade die Pumpe zur Seite gepfeffert hab, steht auf einmal Gesine neben mir und guckt mich vorwurfsvoll an.

»Was schnüffelst du mir denn hinterher?«, frage ich stinkig und wisch mir die dreckigen Hände an der Hosennaht ab.

»Wieso schnüffeln?«, fragt Gesine beleidigt zurück. Ihre blauen Augen glitzern in der Sonne. »Ich hol bloß mein Fahrrad.« Sie bückt sich und hebt die Pumpe auf. »Und das hier ist meine. Kannste auch wieder zurücktun, wenn du sie ausleihst.«

Meine Kopfhaut fängt an zu kribbeln, und ich zieh mir

meine Mütze tief in die Stirn. »Na, wieso! Das passt doch. Kannst du dann gleich den andern erzählen: Manne hat meine Pumpe geklaut. Manne, der Krimi-nelle!« Ich lache höhnisch auf und spuck auf den Boden. Im gleichen Moment fällt mir wieder ein, was Gesine neulich übers Spucken gesagt hat. Und natürlich guckt sie mich auch gleich komisch an. Plötzlich krieg ich so richtig zu viel. Bitte sehr, wenn sie auch gegen mich ist, dann kann sie mich echt mal!

»Was glotzt du so blöd!«, schrei ich sie an. »Guck doch weg, ej, wenn du mich so scheiße findest!«

Gesine tippt sich an die Stirn und schwenkt abwehrend die Pumpe. »Du spinnst doch, Manne! Jetzt hör aber auf. Du redest nur Schrott! Und kriminell bist du auch nicht. Mann, das warst doch nicht du! Das waren doch deine Brüder!«

»Aber ich gehör schließlich dazu!« Meine Stimme überschlägt sich fast, aber das juckt mich nicht mehr. »Wir sind sowieso immer die Doofen, die Asis! Und jetzt stimmt's ja sogar! Und weißt du was, das ist mir voll egal!«

Gesine macht den Mund auf, aber ich lass sie einfach stehn. Ich spring auf mein Rad und rase davon.

»Manne!«, hör ich sie rufen. »Eh, Manne, jetzt warte doch mal!«

Aber ich denk gar nicht dran.

Amals und Beas Haus liegt im Schatten. Kein Laut ist zu hören. Einen Moment zögere ich, dann schmeiß ich mein Rad ins Gras neben der Pforte und geh rein.

Vor der Hintertür stoß ich fast mit Bea zusammen, die

gerade rauskommt. Erschrocken prallt sie zurück und gegen die Tür.

»Mensch, Manne!«, schimpft sie mich an. »Kannst du nicht was sagen? Was schleichst du denn hier so rum?« Entnervt fährt sie sich durchs Haar. Das ist nicht mehr blond, sondern hennarot gefärbt und sieht komisch aus, für meinen Geschmack jedenfalls.

»Ich schleich gar nicht rum«, verteidige ich mich. »Ich bin bloß um die Ecke gebogen!«

»Ja, ja!« Bea winkt ab und fährt sich wieder durchs Haar. Dann mustert sie mich genauer. »Wie siehst du denn schon wieder aus? Hast du dich wieder geprügelt?« Richtig giftig klingt das.

Ich guck an mir runter. Die Naht an meinem Turnschuh ist noch weiter aufgeplatzt, meine Jogging ist schmutzig an den Knien, und Schmiere ist auch dran, vom Fahrradreparieren. Das ist zwar normal, aber mein T-Shirt hat einen Riss. Hab ich noch gar nicht gemerkt.

»Sag mal«, sagt Bea und kneift die Augen zusammen, »meinst du nicht, dass es noch andere Lösungen für Probleme gibt als sich zu prügeln?«

Ich guck sie bloß an.

»Mann, Mann, Mann!« Bea schüttelt den Kopf, und dann rauscht sie ohne ein weiteres Wort an mir vorbei.

Ich muss erst durchs ganze Haus und dann in den Garten, bevor ich Amal entdecke. Der liegt mit verschränkten Armen und Kopfhörern auf den Ohren in der Hängematte und träumt vor sich hin. Sein Gipsbein leuchtet in der Sonne. Als ich plötzlich neben ihm steh, zuckt er so heftig zusammen, dass er fast aus der Matte rausfällt.

»Ej, Manne, du Tröte!« Amal lacht übers ganze Gesicht

und rupft sich die Kopfhörer runter. Jetzt seh ich auch, wo die drinstecken: in 'nem brandneuen Discman. So ein Teil, wie es Jochen gern hätte.
»Geil, wa?«, sagt Amal und schaltet das Teil aus. »Hab ich von Bea gekriegt. Zum Trost!«
»Die hab ich gerade getroffen. Mann, war die drauf!«
»Ach die!« Amal winkt ab, genauso wie Bea gerade eben. »Die ist mies gelaunt, weil ihr dieser Lover da abgehaun ist. Na und, nächste Woche hat sie 'nen neuen, was soll's!« Er zuckt mit den Schultern und schwenkt gut gelaunt sein Gipsbein hin und her. »Aber jetzt sag mal, wie findst'n das Teil? Willste mal hören?«
Er hält mir den Discman hin, aber ich nehme ihn nicht.
»Cool«, sag ich und hau mich ins Gras. Amal guckt erstaunt zu mir runter, dann setzt er sich schwerfällig auf.
»Na, wie sieht's aus? Bist auch nicht gerade topfit, seh ich das richtig?«
Jetzt zuck ich mit den Schultern. Amal guckt mich an und wippt mit der Matte. Ein paar Locken hängen ihm ins Gesicht, aber das stört ihn anscheinend gar nicht. Einen Moment lang überlege ich. Aber Amal ist schließlich mein Freund.
»Mann, stell dir vor, was passiert ist«, sag ich. Und dann erzähl ich, was los ist.
»Boah, krass!«, sagt Amal, als ich fertig bin mit der Geschichte. Jedenfalls, soweit wie ich sie kenn. »Mannomann, ej!« Als er mein Gesicht sieht, hebt er flehend die Hände. »Sorry, Amigo! War ein Versehen. Sag ich nie wieder, ich schwör's!«
Er grinst und ich muss lächeln. Aber trotzdem fühl ich mich blöd. So nackt irgendwie.

»Komm, scheiß doch drauf«, sagt Amal und spielt an seinem Discman rum. »Hör doch einfach nicht hin, was die reden. Ich mein, ändern kannste jetzt auch nichts mehr an der Sache. Bleib einfach cool.« Er drückt versehentlich auf die Playtaste, und ein rhythmisches Scheppern kommt aus den Kopfhörern, das gleich wieder abbricht. »Oh Verzeihung, war keine Absicht«, sagt Amal. »Das sind Noisy Noise, kennst du die eigentlich?«
Ich schüttel den Kopf. Noisy Noise interessieren mich jetzt echt nicht. Ich möchte über was anderes reden, aber über was, kann ich selber nicht sagen.
Amal linst zu mir rüber, dann seufzt er und lässt sich nach hinten fallen. Sein Gipsbein baumelt schwer über den Rand. Ein paar Namen stehen dadrauf, aber welche, kann ich nicht erkennen.
»Schöne Scheiße«, sagt Amal. Und dann, als ich gerade zustimmen will, sagt er: »So 'n Gipsbein ist echt was für 'n Arsch. Grad frisch im Verein, und dann so was! Na ja.«
Ich leg mich flach auf den Rücken und atme tief aus. Die Sonne steht ganz oben am Himmel, direkt über mir, und zum ersten Mal kommt sie mir irre weit weg vor. Ist ja nicht schlimm, dass Amal seine Leichtathletik im Kopf hat, versuch ich mir zu sagen. Ist ja nicht schlimm. Aber irgendwie ist es doch schlimm.
»Okay«, sag ich und spring auf. Amal hebt die Brauen.
»Was jetzt, willst du schon los?«
»Ich muss.« Ich klopf ihm aufs Gipsbein. »Bis bald, Kumpel.«
»Ciao, Amigo. Lass dich nicht ärgern! Unkraut vergeht nicht!« Amal hebt die Hand und ich schlag halbherzig

ein. Dann latsch ich davon, quer durch den Garten, ums Haus rum und durch die Pforte. Ich weiß ganz genau, dass Amal mir hinterherguckt, aber ich dreh mich nicht noch mal um.
Als ich mein Rad aufheb, seh ich an der Fassade hoch. Das Häuschen ist echt nicht besonders in Schuss. Überall bröckelt der Putz ab, der Efeu an der Seite wuchert schon bis zum Dach, und das Unkraut im Garten ist noch mehr gewachsen, seit ich das letzte Mal hier war. Jedenfalls kommt's mir so vor.
Bea und Amal sind auch Außenseiter, genau wie wir, denk ich, während ich mich aufs Rad schwing und losfahr. Ihr Haus sieht genauso abgewrackt aus wie das von uns, aber trotzdem, da ist ein Unterschied wie zwischen Tag und Nacht. Ein Unterschied zwischen Außenseiter und Außenseiter – Amal ist so was wie ein interessanter Außenseiter, oder besser, seine Mutter ist das, und sie will das ja so und ist stolz drauf.
Vielleicht ist es das, überleg ich und tret schneller in die Pedale: Bea ist stolz darauf, Außenseiter zu sein, weil sie's freiwillig ist. Aber meine Eltern sind's nicht. Weder freiwillig noch stolz drauf. Und es gibt ja auch anscheinend nichts, worauf sie stolz sein könnten. Und jetzt erst recht nicht, jetzt, nach der Sache mit Jochen und Günni. Das ist doch voll der Beweis. Oder nicht?

Auf dem Supermarkt-Parkplatz ist wieder der Bär los. Klar, heute ist Freitag, Wochenendeinkauf ist fällig. Ich fahr ganz langsam vorbei und guck zu, wie die Leute ihre Autos voll stopfen mit Essen und Putzzeug und anderem Kram. Sieht echt aus, als wär nächste Woche

Krieg und es gäb nichts mehr zu kaufen. Unglaublich, wie die hamstern, die Leute.
Vor der Brücke halte ich an und guck zu uns rüber. Das Haus liegt still da in der schwächer werdenden Sonne. Nichts rührt sich, und in Küche und Wohnzimmer sind die Rollläden runtergelassen. Schlechtes Zeichen, und ein schlechter Tag für'n Ruhetag noch dazu.
Ich kann da jetzt nicht rein. Wenn ich nur wüsste, ob Jochen da ist. Aber irgendwie glaub ich das nicht. Ich weiß nicht, wieso, aber ich glaub's einfach nicht.
Ich halt mich mit einer Hand am Brückenpfeiler fest und kippel auf meinem Sattel hin und her, während ich nachdenk. Wie hat Dieter vorhin gesagt? *Wenn einer das weiß, dann doch du.* Nur, ich weiß es halt nicht. Aber mal gucken, das kann ich ja mal machen.
Hinter mir braust ein Motorrad vorbei in Richtung B 70, und dann hör ich 'ne fiese Stimme in meinem Rücken.
»Abreißen, hab ich schon immer gesagt. Abreißen und die ganze Horde ins Lager!«
Ich dreh mich nicht um. Stattdessen zieh ich die Nase hoch, so laut, wie ich kann, und rotz auf den Gehweg, einen knappen Meter von Nyhuis entfernt, der gerad an mir vorbeilatscht, seine Alte im Schlepptau. Und ohne mich umzusehen, donner ich mit meinem Rad den Absatz zum Parkplatz hinunter und rase los, direkt rüber zum Damm. Nyhuis' Gemecker prallt einfach an mir ab. Ich schmeiß mein Rad ins Gestrüpp und hetze den Hang hoch. Hier oben ist Ruhe, und ich atme tief aus. Plötzlich merk ich, dass ich einen Kloß im Hals hab, und auch als ich schlucke, geht er nicht weg. Ich steck die Hände in die Hosentaschen und schlender langsam voran.

Beim Biobauern auf der anderen Seite ist voller Betrieb, aber der Sportplatz dahinter liegt leer in der Sonne. Nächstes Jahr kann ich Finn dann da sehen, den tollen Gymnasiasten. Und ich selber, wo ich dann wohl bin? Immer noch auf unserer Schule?
Bei dem Gedanken werd ich irgendwie sauer. Ich tret gegen 'ne rostige Büchse, aber das bringt nichts. Ich weiß auch, warum: wegen dem Kloß in meinem Hals. Der ist immer noch da.
Am Schießstand unten ist alles ruhig. Ich steh 'ne ganze Weile rum, ohne mich zu bewegen, aber nichts tut sich. »Jochen!«, ruf ich leise, und dann noch mal, ein bisschen lauter: »Jochen, he! Ich bin's. Manne!«
Statt einer Antwort hör ich ein Brausen von weiter weg, das sich rasch nähert. Mit ein paar Schritten bin ich beim Bahndamm, stell die Beine breit auseinander und geh leicht in die Knie. *Sicherer Stand ist alles!* Und dann kommt er auch schon: ein weißer Zug mit dunklerer Schnauze. Schrill pfeift er im Wind, dröhnend rattern die Räder dicht vor mir vorbei, Staub wirbelt hoch. Der Fahrtwind wirft mich fast um, aber ich steh wie 'ne Eins. Und mittendrin, als der Krach am lautesten ist, leg ich den Kopf in den Nacken, kneif die Augen zusammen und fang an zu schreien, so laut ich nur kann.
Aber es ist nicht wie sonst. Ich schrei nicht zum Spaß, und ich muss auch nicht lachen. Das Gegenteil muss ich. Aber das merk ich erst, als der Zug längst vorbei ist und ich mir übers Gesicht wisch. Meine Faust ist ganz nass. Und der Kloß in meinem Hals ist immer noch da.
Als ich tief einatme, hab ich plötzlich einen widerlichen Geruch in der Nase. Wie ein Schwall kommt er von drü-

ben, von der anderen Seite des Dammes. Die Kläranlage, voll eklig. Aber irgendwie passt es: Ich fühl mich ja auch wie der letzte Dreck. Brechreiz steigt in mir auf, und in meinem Magen zieht sich was zusammen. Schnell spring ich auf die Gleise und lauf ein Stück vorwärts, bis der Gestank nachlässt. Bis zum alten Bretterverschlag. Und da steht Jochen.

Die Hände tief in den Taschen seiner dreckigen Jeans, ein Bein übers andre gekreuzt, steht er da, an die Bretter gelehnt, und guckt mich ernst an. Sein Haar ist verstrubbelt, sein T-Shirt zerknittert und fleckig und auf der Wange hat er 'ne fette Schramme. Er sieht echt aus wie ein Penner, nur, dass er zu jung dafür ist.

»He, Kleiner!«

Ich steh stocksteif da. »Jochen! Mann, ej!« Mehr fällt mir nicht ein.

»Ich hab dich schreien gehört.« Er grinst schief.

»Ich dachte, das hört man nicht«, sage ich lahm.

Jochen wird wieder ernst. Seine Augen flackern unruhig über mich hin. »Hast du was zu trinken dabei? Oder zu spachteln?«

Ich schüttel den Kopf.

»Shit«, sagt Jochen und zieht die Schultern hoch, als ob ihm kalt ist. »Na ja, war ja klar.«

Wir stehen uns immer noch steif gegenüber. Von der B 70 kommt Motorenlärm und irgendwo, ganz weit weg, dröhnt eine LKW-Hupe.

Jochen stößt sich mit einem Fuß von der Wand ab. »Kannst du mir was besorgen?«

»Ja, klar.« Aber ich rühre mich nicht. Jochen guckt mich forschend an. Dann lässt er sich wieder mit dem

Rücken gegen die Bretterwand fallen und nach unten gleiten, bis er sitzt. »So 'n Scheiß«, sagt er schließlich und legt sein Gesicht in die Hände. »So 'n Scheiß aber auch!« Seine Stimme klingt fast, als ob er gleich weint, aber als er die Hände wegnimmt, sind seine Augen trocken. Ich geh in die Hocke. Wieder riech ich die Kläranlage, aber jetzt ist es mir egal.
»Was ist denn eigentlich passiert?«, frage ich vorsichtig.
»Was fragst du denn so blöd! Hast du doch schon gehört, oder nicht?« Er mustert mich scharf. Jetzt, aus der Nähe, sieht die Schramme auf seiner Wange ziemlich übel aus. Muss ganz schön wehtun.
»Hast du ... habt ihr den Fahrer echt zusammengeschlagen?« Ich trau mich kaum, das zu fragen. Jochens Augen werden auch sofort ganz schmal.
»Wer erzählt denn so 'n Schrott?«, zischt er mich an.
»Na, die Bullen.«
»Ach, du Scheiße!«, sagt Jochen und schüttelt den Kopf. Auf einmal sieht er völlig geschafft aus. »Nee, also so war das nicht. Willste hören, wie's war?«
Ich nicke stumm und Jochen guckt mich lange an. »Na gut«, sagt er dann. »Also, wär ja auch prima gelaufen. Kein großer Akt. Ich dachte, schleich ich mich ran, wenn der LKW kommt, guck zu, wie er auslädt, und wenn der Fahrer nicht hinguckt, krall ich mir 'n paar Teile. Walkmänner, CD-Player, was ich halt krieg. 'n paar Walkmänner für uns, den Rest dann für Waldi, der verscherbelt die denn und dann springt noch was Kohle bei raus. Tja, und so war's ja auch. Ging alles glatt. Ich hin, der Fahrer geht kurz nach vorn, ich klemm mir ein paar Teile unter den Arm, alles ganz easy. Nur, auf ein-

mal fängt Günni an zu schreien. *Die Bullen, Jochen, die Bullen, ne?*« Jochen seufzt schwer und schüttelt wieder den Kopf. »Kommen die glatt um die Ecke gebogen! Und wie Günni schreit, lass ich alles fallen und renn los, um die Ecke, voll gegen den Fahrer, der gerade da rumkommt. Echt Pech, kann ich dir sagen.« Wieder legt er die Hand vor die Augen und ich muss ziemlich lang warten, bis er weiterredet.

»Na, das war's dann. Der Fahrer donnert lang hin und ich auch, voll mit der Backe gegen den Laster« – Jochen zeigt auf seine Wange – »und die Bullen schon raus aus dem Auto, und ich rappel mich hoch und hau ab. Aber Günni, der Arsch! Mann, bleibt der doch glatt stehn!« Bei den letzten Worten wird Jochens Stimme ganz leise.

»Haben sie ihn gekrallt, ja?«

»Mitgenommen haben sie ihn auch. Erst waren sie bei uns und haben nach dir gefragt, und dann sind sie ab. Mit Günni.«

Dann ist erst mal Schweigen. Jochen zieht die Knie an und legt die Arme darum. Mit gerunzelter Stirn sieht er zu Boden.

Ich kratz mich im Nacken. Die Luft um mich herum kommt mir irgendwie dick vor. Stickig. Und stinkig.

»Hätt ich nicht abhauen sollen«, murmelt Jochen nach einer Weile, so leise, dass ich ihn kaum versteh. »Nicht ohne Günni.«

Ich zuck mit den Schultern. »Warum hast du den denn überhaupt mitgenommen? Warum denn Günni?«

»Weil er es mitgekriegt hat neulich. Weißt du noch, draußen, wo wieder mal Ruhetag war. Hat er mich danach andauernd gelöchert: *Ich mach aber mit, ja? Ich mach*

aber mit!« Er äfft Günni so gekonnt nach, dass ich grinsen muss. Jochen grinst auch, aber nur kurz.
»Kennst doch Günni!«, sagt er achselzuckend. »Denk ich, eh der sich verplappert, nehm ich ihn halt mit.« Er malt mit der Spitze seines schmutzigen Turnschuhs einen Strich in den staubigen Boden und verwischt ihn dann wieder.
»Und dann bist du hierher?«, frag ich nach einer Weile.
Er nickt und schlingt die Arme noch fester um seine Knie. Seine Augen sind nur noch schmale Schlitze.
»Und jetzt? Was willst du jetzt machen? Ewig hier bleiben kannst du doch auch nicht.«
Er hebt eine Schulter und lässt sie wieder fallen. »Mal sehen. Stellen tu ich mich nicht. Jetzt erst recht nicht. Dann haben sie mich doch am Arsch.«
Ich trau mich fast nicht, das zu sagen, aber dann sag ich es doch. »Am Arsch haben sie dich eh, oder nicht?«
Jochen schluckt und legt den Kopf in den Nacken. Dann guckt er mich an.
»Pass auf«, sagt er ruhig und ist auf einmal wieder ganz der Alte. Der lässige Jochen, der Schlauste bei uns. »Du besorgst mir was zu essen und zu trinken und bringst es mir her. Bis dahin überleg ich mir was. Machst du das, ja?«
»Klar mach ich das.«
»Also los«, sagt Jochen und sieht nachdenklich zu, wie ich aufspring. »Aber pass auf, dass keiner was merkt.«
»Kann aber was dauern!«
»Ist mir doch egal«, sagt Jochen. »Hauptsache, du kommst irgendwann.«
Einen Moment lang steh ich zögernd da. Jochen sieht ir-

gendwie so klein und fertig aus, wie er da hockt, in seinen dreckigen Klamotten an die verrottete Bretterwand gepresst, die Arme dicht um die Knie geschlungen. Und außerdem sieht er so aus, als ob ihm kalt ist.

»Willst du mein T-Shirt noch haben, bis ich zurückkomm?«

Er guckt zu mir hoch und schüttelt den Kopf. »Nee, lass man.«

»Oder meine Mütze?«

»Iiih, ej, das eklige Ding? Was soll ich denn damit?« Jochen winkt ab.

»War ja nur so 'ne Idee«, sag ich, heb die Hand und lauf los.

Ich bin schon ein ganzes Stück weg, als Jochen mir was hinterherruft. Ich bleib stehen und drehe mich um. Aber ich versteh ihn erst, als er es noch mal ruft.

»Du glaubst mir das doch? Das mit dem Fahrer?«

»Ja sicher«, sag ich. »Na klar glaub ich dir!« Und dann dreh ich mich wieder um und lauf weiter.

Wie ich um die Ecke beim Supermarkt bieg, rollt gerade 'n Streifenwagen von unserm Haus weg. Die Rollläden im Wohnzimmer und in der Küche sind hoch. Ich krieg einen ganz trockenen Hals. Die letzten Meter fliege ich fast. Wie der Blitz saus ich durch die Gartenpforte hindurch und zum allerersten Mal, seit ich mein Rad hab, rutsch ich an dieser Stelle aus und schleuder mit dem Hinterrad gegen die Wand. Meine Schulter kracht gegen die Mauer, tut sagenhaft weh. Aber der Schmerz lässt gleich wieder nach. Ich spring ab und lass die Karre einfach fallen. Dumpf scheppert sie gegen die Wand. Aber

ich krieg's kaum noch mit. Ich bin schon halb in der Küche.
Als Erstes seh ich Günni, der am Küchentisch hockt und so aussieht, als wüsst er nicht, wie ihm geschieht. Ich war noch nie so froh, seine dämliche Fresse zu sehen, ganz ehrlich! Dann seh ich die andern, die um ihn rumsitzen: Werner und Dieter und Ma und sogar Pa. Eine Schnapsflasche steht auf dem Tisch und vor jedem ein Glas. Sogar vor Günni. Und dann merk ich, dass der Fernseher aus ist.
»Günni!«, ruf ich. »Seit wann bist du denn zurück?« Ich box ihm in die Seite und Günni grinst verlegen.
»Mensch, Manfred! Nicht so grob!«, sagt Ma, die neben Günni sitzt und ganz rote Augen hat. Sie legt ihm einen Arm um die Schultern und Günni lehnt den Kopf an ihre Brust. Wie vier sieht er jetzt aus. Oder fünf. Jedenfalls wie so ein Kleinkind.
»Die Bullen haben ihn gerade gebracht«, sagt Werner. »Hab ich doch gleich gesagt. Hätten ihn gar nicht erst mitnehmen dürfen, die Säcke!«
»Und was ist jetzt?«, frag ich.
»Na, was soll jetzt schon sein? 'ne Anzeige kriegt er. Und Jochen genauso. Diebstahl in erschwertem Fall mit Körperverletzung, alle beide. Weil, aus Günni kriegen die ja nichts Richtiges raus. Und wenn Jochen nicht aussagt ...« Werner zuckt viel sagend mit den Schultern.
»Was ist dann?«, fragt Ma mit ängstlicher Stimme.
»Na, dann ist Günni echt übel dran. Da gibt's Knast drauf, jede Wette.«
Ich guck zu Günni. Der hat die Augen geschlossen und lächelt selig an Mas Schulter vor sich hin. Pa massiert

sich mit schmerzverzerrtem Gesicht die Schläfen und Dieter starrt finster auf den Tisch, sein Basecap tief in die Stirn gezogen.

»Wer weiß, vielleicht ist der ja schon längst nach Holland getrampt. Rauf auf die B 70 und ab«, sagt er und zieht geräuschvoll die Nase hoch. »Würd ich jedenfalls machen. Aber Jochen, bei dem weiß man ja nie.« Plötzlich fällt ihm scheinbar was ein, denn er blickt auf und zu mir rüber. Forschend sieht er mir ins Gesicht. Ich guck schnell zu Werner, so cool, wie ich kann. Ich hoffe nur, Dieter merkt mir nichts an. Ganz blöd ist der ja auch nicht.

Eine Weile ist Schweigen. Draußen brummt ein fetter Laster vorbei, und die Fensterscheibe klirrt leise.

»Aber die Russen«, sagt Werner schließlich grimmig und kippt seinen Stuhl auf die Hinterbeine, »die krall ich mir noch!«

»Was für Russen?« Pa hört auf, sich die Schläfen zu reiben, und zieht die Brauen zusammen. »Richtige Russen?«

»Nee, Aussiedler eben.«

»Deutsche sind das! Das sind keine Russen. Das sind Deutsche!«, regt Pa sich auf. »Genauso wie du und ich! Nur von woanders!«

»Jaja. Schon gut, Pa, vergiss es!« Werner winkt ab. Aber jetzt hat Pa Lunte gerochen.

»Was haben die denn damit zu tun? Was ist denn mit denen? Was soll denn das jetzt?« Pa hebt sein leeres Schnapsglas, guckt rein und stellt es gleich wieder hin.

»Ach, nichts, Pa, gar nichts. War nur so 'n Spruch. Echt

jetzt, vergiss es!« Werner ist es unangenehm, damit angefangen zu haben, das seh ich ihm an. Er kippt seinen Stuhl wieder nach vorn und fingert nach seinen Zigaretten, aber in diesem Moment öffnet Günni die Augen. »Aber die waren das doch nicht. Wir waren das doch. Jochen und ich! Wir waren das doch!«
»Schon gut, mein Junge«, sagt Ma und streichelt ihm übers Haar. Beruhigt schließt Günni wieder die Augen, aber diesmal ohne zu lächeln.
»Und was ist mit dem Fahrer?«, frag ich in das betretene Schweigen hinein. Aus dem Augenwinkel seh ich, dass Pa den Kopf hängen lässt und wieder anfängt, sich die Schläfen zu reiben.
Werner zuckt mit den Schultern. »Der ist wohl wieder okay. Aber so richtig weiß ich das auch nicht. Die Bullen sagen ja nichts. Erst muss Jochen sich stellen.«
»Aber wenn Jochen das gar nicht war? Also, ich meine, wenn das nun ein Unfall war und gar nicht Absicht«, versuch ich zu erklären. Dieter guckt mich schräg an und Werner auch. Ich muss echt aufpassen, dass ich mich jetzt nicht verrate. »Ich meine«, fang ich noch mal ganz unschuldig an, »also, wenn der Fahrer nun einfach ausgerutscht ist oder so? Und Jochen gar keine Schuld hat? Was ist dann?«
Günni reißt wieder die Augen auf und hebt den Kopf. »Das war aber nicht extra, echt nicht!« Er sieht ganz aufgeregt aus und voll panisch, und Ma drückt seinen Kopf behutsam wieder nach unten.
»Pscht, mein Jungchen, pscht!«, flüstert sie und Günni vergräbt sein Gesicht an ihrer Brust und schnieft leise. Ma guckt uns der Reihe nach an, erst Werner, dann Die-

ter, mich und zuletzt Pa, der aufgehört hat, sich die Schläfen zu reiben.
»Ganz egal, was war, wir halten zu Jochen!«, sagt sie mit fester Stimme. »Ganz egal, was passiert ist. Das Wichtigste ist, dass unser Jochen wieder heil nach Hause kommt.« Ihre Stimme wird ein bisschen brüchig bei den letzten Worten, aber dann fasst Ma sich wieder. Ihre runden Wangen zittern, als sie den Kopf hebt. »Das ist das Wichtigste, ganz egal, was der Junge gemacht hat. Das ist nämlich am schlimmsten, wenn die eigene Familie nicht zu einem hält. Das war bei mir so gewesen. Meine Eltern haben immer gesagt, selber schuld, wenn du Ärger hast«, sagt Ma.
Ich bin ganz verdutzt und Dieter und Werner, das kann ich sehen, sind auch völlig erstaunt. Noch nie hat Ma so was von früher erzählt, von ihrer Kindheit.
»Immer wenn der Lehrer gemein zu mir war oder die anderen Kinder, haben sie gesagt, muss ja was dran sein. Und dann hab ich dazu noch Kloppe gekriegt.« Mas Stimme klingt jetzt ungewohnt zornig, und sie funkelt Pa quer über den Tisch hinweg an. Der glotzt mit großen Augen zurück. »Und meinen Jungs«, sagt Ma laut, »soll das nicht passieren! Wir halten zu Jochen! Stimmt's, Willi?« Das klingt wie ein Befehl. Keiner von uns rührt sich. Ich trau mich kaum zu atmen, so gespannt ist die Stimmung auf einmal.
»Stimmt's, Willi?«, fragt Ma noch mal mit Nachdruck. Pa glotzt sie eine ganze Weile an, und dann, plötzlich, fängt er langsam an zu lächeln.
»Schon klar, Agnes. Sicher machen wir das«, sagt er. »Wir halten zu Jochen. Ist doch gar keine Frage!«

Es ist schon nach sieben, als ich es schaffe, mich loszueisen. Weil Günni zurück ist, hat Ma was gekocht, Nudeln mit Soße. Wenn Jochen das wüsste! Mann, wär der sauer. Aber weil alle danach im Wohnzimmer abhängen, ist es auch gar nicht so einfach, ein bisschen Brot abzuzwacken und ein Stück von der Salami, ohne dass es wer merkt. Aber irgendwie krieg ich's doch hin.
Mit dem Brot und der Wurst unterm Hemd und 'ner alten Schnapsflasche voll Wasser düs ich zum Bahndamm. Die Luft ist schon kühler geworden, und als ich den Hang hochsprinte, find ich, dass es auf einmal nach Herbst riecht. Aber das kann ja wohl nicht. Wir haben grad mal Anfang September.
Von Jochen ist nichts zu sehen, als ich zum Bretterverschlag komme. Die halb verrotteten Planken sehen fast schwarz aus, jetzt so im Schatten, und die Büsche und Sträucher wirken plötzlich voll finster. Kein Luftzug weht, nirgendwo bewegt sich was, und alles ist still. Viel zu still irgendwie.
»Jochen?«, frag ich leise und geh einen Schritt vor, bis ich in den Verschlag reingucken kann. Dadrinnen ist alles düster. Ich kann überhaupt nichts erkennen. »He, Jochen!«
Plötzlich hör ich ein Rascheln in meinem Rücken. Erschrocken fahr ich herum. Jochen steht auf der anderen Seite der Gleise, zwischen zwei Büschen. Prüfend sieht er sich um, dann kommt er mit ein paar Sätzen zu mir rüber, reißt mir die Schnapsflasche aus der Hand und fängt gierig an zu trinken. Er setzt sie erst ab, als nur noch ein Fingerbreit drin ist, und wischt sich seufzend über den Mund. Ein schwarzer Dreckstreifen zieht sich

über sein ganzes Gesicht, nur die Schramme sticht rötlich daraus hervor.
»Igitt, ej! Hättste auch mal ausspülen können vorher. Schmeckt ja voll nach Schnaps«, sagt er und streckt fordernd die Hand aus. Ich wickel das Brot und die Wurst aus meinem Hemd und reich sie ihm rüber. Einen Moment betrachtet er naserümpfend meine Beute, dann verschlingt er sie mit ein paar großen Bissen. Zufrieden rülpst er und lässt sich gegen die Bretterwand fallen, um daran runterzurutschen. Genau wie vorhin.
»Uff«, ächzt er und rülpst noch mal. »Für 'ne Vorspeise nicht schlecht. Und was gibt es als Hauptgericht?« Er lächelt schief. Weiß er genau, dass ich nicht mehr hab.
Ich zieh die beiden Zigaretten aus meiner Hosentasche, die ich Werner vorhin aus seiner Packung geklaut hab, und Jochen fängt an zu strahlen. Hektisch kramt er in seinen Taschen, bis er sein Feuerzeug findet. Dann zündet er sich eine an, zieht den Rauch ein und stößt ihn genüsslich wieder aus.
»Geil«, sagt er undeutlich. »Danke, Kleiner. Bist echt 'n Kumpel.«
Ich pflanz mich ihm gegenüber auf den Boden. »Was hast'n da drüben gemacht?«, frag ich und nick zur anderen Seite der Gleise.
»Ich dachte vorhin, ich hätte was gehört. Da bin ich da rüber.« Als er mich kurz ansieht, flackert in seinen Augen für einen Moment etwas auf. So was wie Angst. Aber Jochen hat nie Angst. Jedenfalls nicht, dass ich wüsste.
Er legt den Kopf in den Nacken und starrt in den Himmel, während er wieder den Rauch ausbläst. Sieht nicht so aus, als würd er was sagen wollen.

»Jochen?« Ich räusper mich leise. »Du, hör mal.«
Wortlos guckt er mich an.
»Günni ist wieder zu Hause.«
Jochens Augen werden ganz schmal. Gespannt beugt er sich vor. »Und? Was hat er gesagt?«
»Na, nicht viel, kennst doch Günni. Aber wenn du dich nicht stellst, dann kriegt ihr beide 'ne Anzeige, wegen schwerem Diebstahl und Körperverletzung. Also, Günni und du, ihr alle beide.«
»Ne, ej? Nee!« Jochen schmeißt sich entnervt rücklings gegen die Wand, dass die morschen Bretter zittern. »Ist doch nicht wahr, oder? Schwerer Diebstahl! Körperverletzung! Ich glaube, ich spinne!« Er zeigt mir 'nen Vogel.
»Doch«, sag ich. »Ehrlich, so ist das.«
»Und der Fahrer?«
Ich zuck mit den Schultern. »Der ist wohl wieder okay.«
»Und wieso sagt der nicht, wie das war?«
Ich weich seinem Blick aus. Wohl ist mir nicht in meiner Haut. Aber ändern kann ich's ja auch nicht.
Jochen guckt mich ganz lange an. Dann spuckt er grimmig auf die Gleise. »Heißt also im Klartext, wenn ich mich nicht stell und sag, wie es war, wandert Günni in'n Knast, oder wie seh ich die Sache?«
Wieder zuck ich mit den Schultern. Jochen starrt mich an, als könnt er in meinem Gesicht die Antwort auf seine Frage lesen.
»Ach Scheiße!«, sagt er schließlich und schmeißt seine aufgerauchte Kippe den Abhang hinunter. Und dann, ganz plötzlich, verzieht sich sein dreckverschmiertes Gesicht und er schlägt die Hände davor. Ich kann's erst nicht glauben. Aber dann, als ich seh, wie seine Schul-

tern zucken und beben, und als ich das Schluchzen hör, das aus ihm rauskommt, da glaub ich es natürlich doch.
»Jochen!«, sag ich und rück ein Stück näher an ihn heran. »He, Jochen!«
Er schluchzt nur noch lauter. Ich heb eine Hand. Einen Moment halte ich sie unschlüssig in der Luft, über seinem Knie, dann lass ich sie sinken. Vorsichtig erst, aber Jochen schlägt sie nicht weg, und deswegen lass ich sie liegen. Ich bin überrascht, wie spitz Jochens Knie sich anfühlt unter der Jeans.
»Jochen«, flüster ich. »Ej, Jochen ...« Ich weiß wirklich nicht, was ich sagen soll, um ihn zu trösten. Ich kann noch nicht mal sagen, dass das alles schon wieder wird oder so, weil ich das eben nicht weiß. Sieht ja echt nicht gut aus für ihn. Was er auch macht, abhauen oder sich stellen, Scheiße wird's so oder so.
Lange sitzen wir da, Jochen, mit bebendem Oberkörper, und ich vor ihm, die Hand auf seinem Knie. Ich beweg den Daumen ein bisschen hin und her, ganz vorsichtig, nur so viel, dass er's grad merkt. Irgendwann wird sein Schluchzen dann leiser, und als er schließlich hochguckt und sich übers Gesicht wischt, nehm ich schnell die Hand weg.
»Shit«, murmelt Jochen und schnieft. Sein Gesicht ist verschmiert, und ohne dass ich's eigentlich will, muss ich grinsen.
»Was is'n?« Jochen fährt sich durchs Haar. Das ist aber auch keine gute Idee, denn ein paar Strähnen stehen jetzt wild in die Höhe.
»Wie du aussiehst!«, sag ich. »Voll wie so 'n Penner.«
Jochen atmet tief aus. Er grinst nicht zurück, aber trotz-

dem sieht er schon besser aus als gerade eben. Schweigend kramt er nach der zweiten Zigarette von Werner und zündet sie an.

»Und«, fragt er zwischen zwei Zügen. »Was sagen die andern?«

Ich zieh mit den Fingern ein Kreuz in den staubigen Boden und streich es dann durch, während ich überleg. Dann guck ich hoch.

»Dass wir zu dir halten.«

»Wer sagt das?«, fragt Jochen und grinst jetzt doch, aber ungläubig und irgendwie finster.

»Na, Ma. Und Pa auch. Eigentlich wir alle. Ganz egal, was du gemacht hast.«

Jochen kneift die Augen zusammen und zieht wieder an seiner Zigarette. Dann macht er den Mund auf und will was sagen, aber stattdessen klappt er ihn gleich wieder zu. Aufmerksam guckt er zur Seite und legt den Kopf schief. Erst denk ich, er hat was gesehen, aber dann hör ich's auch. Ein Rauschen von ferne, das sich rasch nähert. Ein Zug. Da kommt ein Zug!

Ich will aufspringen und weg von den Gleisen. Aber Jochen bleibt sitzen, da, wo er sitzt, anderthalb Meter daneben. Wenn er das macht, mach ich das auch. Kurz darauf taucht auch schon der Zug hinten an der Brücke auf und kommt auf uns zu. Die silberfarbene Schnauze wird größer und größer, und ein schrilles Pfeifen erfüllt jetzt die Luft.

Mein Magen macht einen Satz und ich kneif den Hintern zusammen. Gott sei Dank kann man das ja nicht sehen. Jochen sitzt ganz ruhig da und sieht mich an, und irgendwie, ich weiß nicht, wie ich das schaffe, bleibe ich auch ruhig. Jochen guckt mich an, und ich guck ihm direkt in die Augen. Es ist, als ob er mich festhält mit seinen Augen, und plötzlich hab ich kaum noch Angst. Im nächsten Moment fällt ein dunkler Schatten auf uns, und dann ist der Zug auch schon da und rast ratternd an uns vorbei. Ein ohrenbetäubendes Dröhnen ist in meinen Ohren. Der Fahrtwind zerrt an meinen Klamotten, Staub wirbelt auf und der Boden vibriert. Und dann, zwischen all dem wahnsinnigen Krach, hör ich das gellende Heulen der Hupe. Und jetzt zuck ich doch noch heftig zusammen und kneife die Augen zu. Mein Herz hämmert so wild, dass mir fast schlecht wird.

Dann ist der Zug an uns vorbei, der Fahrtwind lässt wieder nach und ich öffne die Augen. Jochen sitzt immer noch ruhig mir gegenüber und sieht mich an. Aber jetzt lächelt er leicht.

»Zeit nach Hause zu gehen, was, Kleiner?«

Wir schlendern ganz langsam nebeneinanderher, den Bahndamm entlang, den Abhang runter und dann quer übern Parkplatz, der jetzt ganz leer ist. Die letzten Sonnenstrahlen scheinen schräg auf uns runter, das ist irgendwie schön, so nach dem Schatten und der Kühle da oben zwischen den Bäumen. Ich schieb mein Fahrrad neben uns her, und Jochen hat die Hände tief in den Taschen seiner Jeans. Mitten auf dem Parkplatz legt er den Kopf schief und linst mich von der Seite an.

»Ich hätte dir ja gerne 'ne geile Badehose besorgt, Kleiner, aber du siehst ja, es läuft nicht so gut.« Er lächelt und pustet sich 'ne verschmierte Haarsträhne aus der Stirn.

»Scheiß drauf. Das ist doch nicht wichtig. Wichtig ist nur, dass du mitkommst.«
»Jaja!«, sagt Jochen. »Führ du mich nur in die Arme der Bullen! Du bist mir vielleicht ein Bruder!« Er lächelt mich dabei an und stupst mir vor die Brust, dass ich fast umkipp mit meinem Rad.
»Sicherer Stand ist alles!«, sagt Jochen und zwinkert mir zu.
Aber ich kann schon wieder das Flackern in seinen Augen sehen. Na klar, denk ich. Na klar hat er Angst. Hätt ich ja auch. Wieso soll er die nicht haben?
»Ein Gutes hat's ja«, sag ich. »Um den Bund kommst du so dann wohl rum. Vorbestrafte nehmen die nicht. Hat Werner gesagt.«
Jochen grinst schwach und tritt nach meinem Bein, aber ich weich ihm aus. Und dann biegen wir um die Ecke beim Markt, und ein schwarzer kniehoher Schatten kommt auf uns zu. Im nächsten Moment springt ein hechelnder Hund an mir hoch.
»Ej, das ist ja Donna!«, ruf ich.
Japsend und wedelnd springt sie um mich rum und dann an Jochen hoch. Der tätschelt ihr den Kopf, und dann, als sie sich zappelnd auf den Rücken wirft, geht er in die Knie und streichelt den rosa Bauch. Ein breites Grinsen ist auf seinem dreckverschmierten Gesicht. Donna leckt ihm quer darüber, und Jochen muss lachen.
»Was bist du denn für eine?«
»Das ist Donna«, sag ich und blick mich suchend um. Dann entdecke ich Gesine. Sie steht bei den Containern und guckt zu uns her, die Arme fest in die Seiten gestemmt.

Langsam schieb ich mein Rad auf sie zu. Irgendwie ist es ja schräg, aber ich freu mich echt, sie zu sehen.

»He«, sag ich, als ich vor ihr stehe. Gesine guckt nur ganz ernst, von mir zu Jochen, der immer noch daknict und Donna streichelt, und dann wieder zu mir zurück.

»Hallo, Manne«, sagt sie schließlich. »Na, alles klar?«

Ich zuck mit den Schultern und lehn mich auf den Lenker. »Och«, sag ich. »Irgendwie schon.« Ich schieb mein Rad ein bisschen vor und zurück. Gesine nimmt die Arme aus den Seiten und verschränkt sie stattdessen vor der Brust. Ich hör, wie Jochen hinter uns lacht und leise mit Donna redet.

»Ist das dein Bruder?«

»Ja«, sag ich. »Das ist Jochen.«

Gesines blaue Augen mustern Jochen forschend. Keine Ahnung, was sie jetzt denkt, aber was besonders Schlechtes kann es nicht sein, dafür guckt sie zu freundlich. Jochen richtet sich auf und kommt auf uns zu, mit Donna dicht auf den Fersen.

»Ich geh schon mal vor«, sagt er, als er neben mir steht, und haut mir leicht auf den Rücken. Dann guckt er Gesine an.

»Ist das dein Hund? Kannste uns gerne mal ausleihen, was, Kleiner?«

»Hä? Ja, ja sicher«, sag ich verdutzt.

»Also, bis gleich.« Jochen fährt Donna ein letztes Mal über den Kopf, hebt die Hand und schlendert lässig davon. Gesine fängt Donna gerade noch ein und macht ihr die Leine am Halsband fest. Dann gucken wir alle drei Jochen hinterher. Seine Hose ist echt total dreckig, vor allem am Arsch, und sein Haar steht ihm struppig vom Kopf ab. Aber mir macht das nichts aus, auch nicht vor Gesine. Ganz im Gegenteil. Ich find ihn cool, ganz egal, wie er grad aussieht.

Wortlos gucken Gesine und ich zu, wie Jochen über die Brücke schlendert, auf den Pfad einbiegt und hinter der Hausecke verschwindet. Dann sieht Gesine mich an.

»Da drüben wohnt ihr also«, sagt sie.

Ich nicke.

»Sieht ja gemütlich aus.«

»Gemütlich?«, frag ich misstrauisch zurück. Das hat noch nie einer zu unserer Hütte gesagt. Winzig und oll und wrackig, na klar. Aber gemütlich?

»Ja. Nur doof, dass es gleich an der Straße steht, find ich. So zwischen dem Supermarkt und Nyhuis und dann auch noch das Stadion gegenüber. Da kann euch ja jeder reingucken.«

»Mein ältester Bruder sagt, das war früher nicht so. Da stand unser Haus ganz allein weit und breit. Aber daran erinner ich mich nicht.«

»Also, ich find es süß«, sagt Gesine und streicht sich ihr Haar hinters Ohr. »Und wie ist es von drinnen?«

»Ziemlich klein«, sag ich und stell mich gerade hin. »Aber es ist halt uralt. Hat mein Ururopa gebaut, der war noch Tagelöhner im Moor.« Das weiß ich von Werner. Der hat sich früher mal interessiert für so Sachen.

»Cool!«, sagt Gesine und fängt an zu lächeln. »Echt von deinem Ururopa gebaut? Ist ja irre! Irgendwann guck ich's mir mal an. Aber jetzt muss ich los.«

Für einen Moment bin ich platt. Dann muss ich grinsen. *Irgendwann guck ich's mir mal an.* Als hätt ich sie eingeladen, oder wie? Ganz schön frech. Aber cool irgendwie auch.

»Ich muss auch los«, sag ich, als ich merk, dass Gesine mich immer noch anguckt.

»Na, tschüs dann, bis Montag.« Gesine winkt und schiebt los, und Donna schießt an der Leine voraus.

»Tschüs selber«, ruf ich ihr nach und steig auf mein Rad. Ich tret voll in die Pedale und fahre an ihr vorbei, lässig wie nichts.

»He, Manne?«, ruft sie auf einmal und ich halt noch mal an.

»Nächstes Mal tust du die Pumpe aber trotzdem zurück!«

Ich muss noch breiter grinsen. Aber das zeig ich ihr nicht. Ich leg nur die Hand schräg an die Stirn und salutiere. Dann spring ich wieder auf und ras los, quer übern Platz, über die Brücke und, wusch, durch die Pforte.

Nach Hause.

Als ich am nächsten Morgen die Augen aufschlag, ist völlige Stille. Kein Schnarchen, kein Atmen, kein Rascheln, kein gar nichts. Nur die Sonne, die mir voll ins Gesicht scheint. Einen Moment lieg ich döselig da, dann fällt mir alles wieder ein. Der Bahndamm und Jochen. Gesine. Und der Abend dann noch. Geredet haben wir nicht mehr viel. Ma hat geheult, Günni gestrahlt und Jochen gespachtelt, echt Wahnsinn! Als hätte er eine ganze Woche lang nichts zu essen gekriegt und nicht nur einen Tag. Dann ist er zu Bett. »Zu den Bullen kannst du auch morgen«, hat Werner gemeint. Und wie ich 'n paar

Minuten später ins Zimmer reinkomm, ratzt Jochen auch schon tief und fest.
Aber jetzt bin ich alleine im Zimmer. Schnell steh ich auf, zieh mich an und hetz in die Küche. Die ist auch leer. Aber im Wohnzimmer sitzen Dieter und Pa auf der Couch und gucken fern, irgend'nen Western, aber erstaunlicherweise auf leise gedreht. Kein Frühstücksfernsehen. Na logisch, heute ist Samstag.
»Jochen schon los, ja?«
Blöde Frage, na klar. Pa nickt auch noch nicht mal, aber Dieter dreht seine muffige Flappe in meine Richtung.
»Siehste doch, oder?«
»Und die andern?«, frag ich und schiel in die Kanne, die auf dem Tisch steht. »Wo sind die hin? Werner und Günni?« Kaffee ist alle, aber im Kühlschrank ist Milch. Besser als nichts.
»Die sind mit«, sagt Dieter.
»Und Ma?«
»Na, die auch, du Dussel.«
»Echt jetzt?« Ich gieß die Milch fast neben den Becher, so verdutzt bin ich.
Dieter dreht den Schirm seiner Mütze nach hinten. »Ja, glaubst du, ich spinne? Sie hat gemeint, sie lässt Günni nicht noch mal allein in die Höhle des Löwen. So hat sie's gesagt, oder, Pa?«
Pa nickt vor sich hin, die Augen stur auf die Glotze gerichtet, aus der jetzt Pistolengeknall kommt.
»Wie spät?«, fragt mich Dieter.
Ich guck auf die Uhr überm Herd. »Gleich neun.«
»Pa«, sagt Dieter und lehnt sich seufzend tiefer ins Sofa. »Pa, es ist Zeit für die Pillen.«

Ich steh an den Küchentisch gelehnt da, trink meine Milch und guck die beiden an. Pa, wie er nach der Pillenpackung greift, zwei von den weißen Glücklichmachern durch die silberne Hülle drückt, langsam runterschluckt und mit 'nem Glas Wasser nachspült. Ganz feierlich, wie beim Abendmahl in der Kirche. Und Dieter daneben, der ein bisschen gelangweilt in die Glotze guckt. Sein gelbes Nike-Shirt ist schon wieder ganz schmutzig, und die Narbe auf seiner Oberlippe ist heute besonders deutlich zu sehen.

Plötzlich muss ich an Ma denken, die kaum vorwärts kommt mit ihren dicken Beinen, und die jetzt bei den Bullen sitzt, fett und breit auf 'nem Stuhl, scheißegal, was die von ihr halten. Hauptsache, sie steht ihren Jungs bei. Ich denk an Günni, der bestimmt wieder den Mund offen stehn lässt und blöd vor sich hin guckt. An Werner, den arschigen, ewig stinkigen Werner. Und an Jochen, an den denk ich auch. Meinen lässigen Bruder, der insgeheim Schiss hat wie nichts.

Nicht gerade 'ne Vorzeigetruppe, meine Familie. Und trotzdem, wie ich da steh, meinen Milchbecher in der Hand, merk ich, dass ich stolz bin auf uns. Wir sind eben so, wie wir sind, und andere Leute sind anders. Na und?

Ich lass mich neben Dieter aufs Sofa fallen und trink meine Milch aus. Aber lange hält's mich da nicht. Ich bin einfach zu kribblig.

»Wann komm'n die denn wieder?«

Dieter zuckt nur mit den Achseln, aber Pa beugt sich vor. »Um acht sind sie weg. Bis Mittag wird das wohl dauern.« Klingt, als ob er sich auskennt mit so was. Wusst ich ja noch gar nicht.

»Hoffentlich kommt Jochen wieder. Hoffentlich buchten die den nicht gleich ein«, murmel ich, aber mehr so vor mich hin.
»Werner meint, auf gar keinen Fall«, sagt Dieter. »Er meint, das gibt höchstens Jugendarrest auf Bewährung, wegen Diebstahl in erschwertem Fall mit fahrlässiger Körperverletzung, so heißt das wohl. Aber eher Müll aufsammeln, 'n paar Stunden.« Er grinst in sich hinein.
»Gemeinnützige Arbeit, jawohl«, sagt Pa und nickt, und dann beugt er sich vor und stellt den Ton vom Fernseher lauter. Indianergeheul kommt aus der Kiste und dann wieder Pistolengeknall.
Auf so was hab ich heute nun echt keinen Bock. Ich spring auf. »Ich fahr mal was rum. Bin bis Mittag zurück.«
»Ach, und wen interessiert das?«, fragt Dieter hämisch. Aber er muss grinsen, als ich ihm die Mütze über die Augen zieh und schnell außer Reichweite springe.
»Saftsack!«, sag ich und streck ihm die Zunge raus, bereit, abzuhauen, wenn er mir jetzt an den Kragen will. Aber Dieter bleibt sitzen.
»Selber!«, sagt er und wedelt mit einer Hand wie nach 'ner lästigen Hummel. »Jetzt verpiss dich. Du nervst!«

Draußen ist es gar nicht so warm, wie es ausgesehen hat. Mein Fahrrad liegt noch da, wo ich's gestern hab hinfallen lassen. Als ich es vom Boden hochzieh, leg ich den Kopf in den Nacken und atme tief ein. Irgendwie riecht es schon wieder nach Herbst, nur ganz schwach, aber trotzdem. Vielleicht war's ja doch keine Einbildung gestern. Kurz überleg ich, ob ich mir 'n Pullover raussu-

chen soll. Aber dann hab ich keinen Bock drauf. Ewig da suchen, nee danke. Wird auch so gehen.
An der Brücke halte ich unschlüssig an. Auf dem Parkplatz vorm Supermarkt drängeln sich schon wieder die Autos. Immer noch Wochenendeinkauf, marathonmäßig, seit gestern. Und Altglas entsorgen ist anscheinend auch was für Samstag. Da drüben scheppert und klirrt es wie wild. Als ich rüberguck, seh ich zwei Frauen da stehen. Die kümmern sich nicht nur ums Altglas, die glotzen auch noch. Natürlich auf unser Haus. Und tuscheln tun sie dazu.
Scheiß was drauf, denk ich und fahr los. Quer über die Straße, am Stadion vorbei und den Radweg rauf zur B 70. Hier geht es steil hoch, ganz schön heftig. Aber heute ist das genau richtig für mich. Ich tret voll in die Pedale. Immer schneller werd ich und schneller, und als ich dann oben bin und der Weg wieder abfällt, kommt's mir echt vor, als ob ich fliege.
Der Fahrtwind zerrt an meiner Mütze, meinem T-Shirt und meiner Jogging. 'ne Gänsehaut hab ich vor Kälte, aber mir ist das egal. Ich duck mich ein bisschen und beuge mich vor und rase weiter, so schnell ich nur kann, an der B 70 entlang, weiter und weiter. Ein LKW rauscht an mir vorbei, dann zwei, drei Autos und ein Motorrad. Der Fahrer hebt die Hand und lässt den Motor aufheulen. Erst als er schon fast außer Sichtweite ist, geht mir ein Licht auf. Der hat mich gegrüßt! Ich fang an zu lachen. Ein Gemisch aus Fahrtwind und Abgasen weht in meinen Mund und treibt mir Tränen in die Augen.
»Irgendwann!«, schrei ich dem Motorradfahrer hinterher, der schon längst nicht mehr zu sehn ist. »Irgend-

wann fahr ich auch ganz weit weg! Klar mach ich das!«
Und dann fahr ich noch schneller. So schnell wie der Wind. Oder jedenfalls fast.
Bei den Hemsener Tannen kann ich nicht mehr und dreh um. Voll ausgepowert bin ich. Langsam fahr ich zurück. Vorm Stadion frag ich 'nen Mann nach der Uhrzeit. Noch 'ne Stunde bis Mittag. Nach Hause will ich noch nicht. Da zu warten macht mich verrückt.
Den Bahndamm muss ich nicht haben. Stadion geht nicht, da ist samstags immer Betrieb, und die Kruppstraße lang will ich auch nicht. Zum See ist es mir zu weit und zu Amal sowieso. Und überhaupt, Bea und Amal … Nervös tipp ich mit den Fingern auf meinem Lenker herum. Dann geb ich mir einen Ruck. Bleibt nur noch die Radde. Ein bisschen da langfahren, ein-, zweimal über die Brücke donnern, und dann ist's bestimmt zwölf.
Der Weg liegt im Schatten, und gleich ist mir kalt. Nur auf dem Kopf nicht, meiner Mütze sei Dank. Müde zockel ich weiter. Mein T-Shirt ist vorne ganz durchgeschwitzt, und jetzt, wo ich so langsam fahr, merk ich jeden Huckel und jedes piefige Steinchen. Ich überhol eine alte Oma, die sich von ihrem pummeligen Dackel den Weg entlangziehen lässt, und nehm ein bisschen Anlauf, als die Brücke näher kommt. Aber als ich darauf einbiegen will, seh ich 'ne Frau mit einer Kinderkarre von der anderen Seite drauf zusteuern, und genervt nehm ich die Füße von den Pedalen und roll geradeaus weiter, den leicht abschüssigen Weg hinunter, an dichten Brombeerbüschen entlang.
Zwei Entenpärchen hasten ins Wasser, und ich halt an

und seh ihnen zu, die Füße seitlich in den Boden gestemmt, die Unterarme auf den Lenker gestützt. Echt k.o. bin ich auf einmal. Aber nur kurz. Denn gleich darauf werde ich wieder hellwach. Ich hör nämlich Stimmen, und zwar welche, die ich kenn. Und nicht gerade gern hör. Alarmiert dreh ich mich um. Von der Brücke her kommen zwei Jungs auf mich zu, auf ihren Rädern. Basti und Finn.

»Ach, wen haben wir denn da?«, ruft Finn mir höhnisch entgegen. »Manne Mannomann! Ist ja ein Ding! Und dich lassen sie noch frei rumlaufen?« Breit grinsend kommt er vor mir zum Stehen, und Basti hält neben ihm an und grinst auch, nur nicht so fies.

»Was wollt ihr denn hier?«, sag ich und spuck auf den Boden. »Das ist mein Revier.«

»Wer sagt das? Die Polizei oder was?« Finn lacht, und Basti kichert mit. Er lässt sein nagelneues Mountainbike zwischen seinen Beinen ein Stückchen nach vorne gleiten. Finn hat auch eins, nicht so neu, aber bestimmt noch viel teurer als Bastis.

Die Frau mit der Kinderkarre schiebt holpernd oben über die Brücke und sieht zu uns runter.

»Achtung, Verbrecher!«, brüllt Finn zu ihr rauf und lacht wieder. Ich bin so schnell vom Rad, dass er's gar nicht mitkriegt.

»Pass auf, Finn!«, schreit Basti und mitten im Lauf dreh ich mich halb um und tret mit voller Wucht gegen sein Rad. Der Tritt ist perfekt. Einen Moment schwankt Basti schräg in der Luft, dann kippt er um, mitsamt seiner Karre. Wenn ich Zeit hätte, würd ich jetzt lang und breit über ihn lachen, weil er so dämlich aussieht, wie er da

liegt, unter seinem schnieken Mountainbike. Aber ich hab keine Zeit, denn Finn ist ja noch da.
Und fast bin ich zu spät. Finn lässt nämlich sein Rad gerade fallen und springt auf mich zu, und weiß der Geier, warum, er kriegt mich zu packen. Am T-Shirt zieht er mich zu sich heran, mit verbissener Miene. Ich stoß ihn zurück, und wild rangeln wir los, während Basti sich mühsam aufrappelt.
»Penner!«, schreit Finn und versucht, mir eine zu scheuern, aber ich weich ihm aus. Er erwischt meine Mütze, reißt sie mir runter und schmeißt sie hoch. In hohem Bogen segelt sie durch die Luft und landet voll in der Radde. Und nicht etwa am Ufer. Nein, ganz weit drin. Da, wo die Strömung am stärksten ist. Wie erstarrt stehe ich da, und Finn, überrumpelt, kracht mir voll gegen die Brust. Ich merk's kaum. Ich seh nur meine Mütze, wie sie auf der Radde dahintreibt, immer schneller dahintreibt, zwischen Seerosen und algenbesetzten Gräsern. Ganz heiß wird mir vor Wut.
»Du Arsch!«, schrei ich. Finn muss den Wahnsinnszorn in meinen Augen lesen, denn erschrocken springt er zurück. Aber das nutzt ihm jetzt nichts mehr. Ich nehm Anlauf und streck meine Arme nach vorne. Wie Rammböcke streck ich sie aus, und im nächsten Moment fliegt Finn auch schon in die Brombeerbüsche am Wegrand.
»Mensch, Manne! Was soll denn der Scheiß?«, ruft Basti und ich fahr herum.
»Musst du gerade sagen! Und was war das neulich im Schwimmbad?« Ich balle die Fäuste.
Basti hebt die Hände. »Schon gut. Schon gut, ja?«
»Was soll denn hier gut sein?«, frag ich drohend und

mach einen Schritt auf ihn zu. Basti weicht ängstlich zurück.
»Ej, Basti, nun hilf mir doch mal!«, jammert Finn, der sich in den Brombeerranken verfangen hat. Aber Basti denkt gar nicht dran. Er hüpft auf sein Fahrrad und saust einfach davon.
»Was für eine Nulpe!«, sage ich und guck Finn zu, der verbissen mit den dornigen Ranken kämpft. Halb hängt er, halb steht er, aber raus kommt er nicht. Jedenfalls nicht aus eigener Kraft.
»Scheiße!«, flucht Finn und ich kann sehen, dass er gleich heult. Und obwohl ich ja finde, dass er's verdient hat, tut er mir irgendwie Leid. Weiß ich ja selbst, wie beschissen das ist, wenn man so festhängt. Ich geh zu ihm rüber und streck ihm die Hand hin, und nach einem Augenblick greift er danach. Mit einem Ruck zieh ich ihn raus aus dem Busch.
Schwer atmend stehen wir uns gegenüber. Finn senkt den Blick und pult sich die Dornen aus den Klamotten. Sind ganz schön viele.
»Jetzt sind wir quitt«, sag ich nach einer Weile.
»Ach ja? Wer sagt das denn?« Finn guckt mich herausfordernd an, aber nicht so mistig wie sonst. Kann er ja wohl auch schlecht, nach dem, was grad war.
»Na ich«, sag ich und verschränke die Arme vor der Brust. »Soll das jetzt immer so weitergehen, oder wie?«
Finn zupft einen letzten Dorn aus seinem T-Shirt, dann guckt er mich schräg von unten rauf an. »Okay, wir sind quitt. Aber weißt du was? Ich kann dich trotzdem nicht ab, dass das mal klar ist!«
»Ich dich auch nicht, du Blödmann.«

»Nächstes Jahr«, sagt Finn und stopft sich sein T-Shirt in die Jeans, »nächstes Jahr muss ich dich nicht mehr ertragen, dann bin ich auf dem Gymmi.«
»Wird ja auch Zeit«, sag ich. »Mann, bin ich da froh!«
Finn schiebt das Kinn vor und funkelt mich an. Ich guck cool zurück. Schließlich geht er ohne ein weiteres Wort zu seinem Fahrrad, hebt es auf, schwingt sich hoch und radelt davon, extra langsam natürlich.
Ich guck ihm nach. Irgendwie bin ich jetzt gar nicht mehr wütend auf ihn. Ich kann ihn halt einfach nicht gut ab. Aber er mich ja auch nicht. Ob das wohl immer so wäre mit uns, frag ich mich. Egal, wer wir wären? Wie wir aussehen würden? Und wo wir lebten?
»So, gehst du dann mal bitte ein bisschen zur Seite«, sagt eine mürrische Stimme. Ich geh aus dem Weg, und die Frau mit der Kinderkarre schiebt an mir vorbei und schüttelt tadelnd den Kopf. Das Kind trägt eine Mütze, und als ich das seh, fällt mir schlagartig meine eigene wieder ein. Ruckartig dreh ich mich um und guck runter zum Bach. Ich brauch ziemlich lange, bis ich sie entdecke. Die Strömung hat sie schon weit fortgetrieben. Sie ist nur noch ein winziger dunkler Punkt, ganz weit hinten im Wasser. Ich würd ja gern wissen, wann sie untergeht, aber so lang kann ich nicht warten. Ich muss jetzt dringend nach Hause.
»Scheiß auf die Mütze!«, sag ich zu mir selbst. Und dann heb ich mein Rad auf und fahr los. Fühlt sich schon fast ungewohnt an, der Fahrtwind in meinem Haar. Aber gar nicht mal schlecht.

Ich bin schon fast an der Jahnstraße, als ich Amal seh, der direkt auf mich zukommt. Ich trau meinen Augen ja kaum, aber er fährt tatsächlich Fahrrad. Ist nicht ganz einfach, wie's aussieht. Schwerfällig strampelt er vorwärts auf dem sandigen Pfad, und sein Gipsbein leuchtet im Schatten. Als er den Kopf hebt und mich entdeckt, hält er an und winkt fröhlich.

»Hej, Amigo!«, brüllt er. »Da bist du ja, ej!«

Schlingernd komm ich vor ihm zum Stehen. »Was machst du denn hier?«, frag ich verblüfft.

Amals Augen glänzen und seine Locken hängen ihm wirr in die Stirn. »Na, dich besuchen«, sagt er und grinst. »Wollte mal sehen, was so ansteht.« Er pustet nach oben, und eine Locke weht hoch und fällt gleich wieder zurück. Ergeben zuckt er mit den Achseln.

»Und dann mit dem Fahrrad? Geht das denn gut?«

»Na, gut geht es nicht. Aber es geht. Siehst du doch, du Tröte!« Amal beugt sich vor und will mir einen Knuff versetzen, aber er kommt nicht ganz an mich ran. Stattdessen grinst er mich an, und ich grinse zurück. Ich freu mich total, dass er da ist. Aber trotzdem hab ich's echt eilig.

»Ich muss jetzt nach Hause!«, sag ich.

»Das glaub ich auch«, sagt Amal. »Ich fahr diese nervige Sandpiste nämlich nicht so zum Spaß lang. Gestatten, Kommando Heldentum! Hab 'ne wichtige Mission. Ich war gerade bei euch. Dein Typ wird verlangt!«

Mein Herz fängt sofort an zu klopfen. »Ej, ist Jochen etwa wieder zurück?«

»Nicht nur der«, sagt Amal. »Sondern alle. Deine ganze Sippschaft, einer schöner als der andere.« Er zieht 'ne

Grimasse und schüttelt grinsend den Kopf. »Ihr seid echt ein Haufen!«

Vor Erleichterung wird mir ganz heiß, und ich schwing mich auf meinen Sattel. »Na, und wenn schon! Ist eben so«, sag ich und steig in die Pedale. Sand wirbelt auf, als ich losbraus. Hinter mir hör ich Amal.

»Ej, warte doch, Manne!«, schreit er mir nach. »Warte! Ich kann nicht so schnell!«

Aber ich bin schon unterwegs.